ti amo

Hanne Ørstavik

ABOIO

ti amo

Hanne Ørstavik

TRADUÇÃO
Camilo Gomide

Te amo. É o que nos dizemos o tempo todo, em vez de dizer qualquer outra coisa. O que mais poderíamos dizer? Você: Estou morrendo. Nós: Não me deixe. Eu: Não sei o que vou fazer. Antes: Não sei o que vou fazer sem você. Quando você não estiver mais aqui. Agora: Não sei o que eu vou fazer com esses dias, esse tempo, em que a morte é o que existe de mais visível. Te amo. Você diz de noite quando acorda de dor ou entre dois sonhos e estende o braço até mim. É o que eu te digo quando encontro a sua cabeça, que fica pequena e redonda na minha mão agora que seu cabelo já se foi quase todo, quando te afago um pouco tentando fazer você virar para o lado para que pare de roncar. Te amo. Uma vez, durante a noite, estendi a mão para sentir sua pele, coloquei-a nas suas costas, na sua barriga, na sua coxa, em diferentes lugares, apenas para criar uma conexão, para fazer contato, para que algo pequeno e indizível e talvez muito incipiente em mim, uma parte recém-nascida, pudesse sentir pele e calor e afundar nessa sensação, sentir a profundidade da noite, e então voltar para casa ou seguir adiante. Te amo. Você já não está mais em seu corpo, não sei onde você está, embalado pela morfina, entrando e saindo do sono ou de um cochilo, e nós não falamos sobre a morte, em vez disso, você diz te amo e estica a mão em minha direção, deitado na cama onde você fica ao longo dos dias, vestido e escrevendo no celular, você está escrevendo um romance naquela telinha, duas ou três linhas antes de cair no sono de novo, e eu solto a porta e vou até você e pego sua mão e olho para você e digo, eu também, também te amo.

"*Dificuldades linguísticas*"
O que importa é a relação com a realidade, escreve Birgitta Trotzig em meados dos anos 70, quando eu devia ter seis ou sete anos. Eu a vi uma vez em Gotemburgo, onde eu estava para a feira do livro, um outono há dez anos ou mais talvez, nós duas caminhamos da Stadsbiblioteket até a feira, ela estava do outro lado da rua, vestindo uma longa saia preta, ela mancava um pouco, talvez tivesse algum problema no quadril. Anos depois, li a notícia de que ela havia morrido.

Quando se trata do que realmente acontece comigo, na minha vida, fico em silêncio. Silêncio! Sinal de pare – fim da linha. Fica fisicamente impossível para mim registrar fatos, datas – pelo menos por um tempo. O acontecimento real me atinge em cheio, pesado e complexo, esmagador e intangível – e transforma todo discurso, qualquer forma de articulação direta, em um rumor irreal.

Quando foi que isso começou? Quando foi que você ficou doente? Será que você já estava doente quando estivemos em Veneza em janeiro, há quase dois anos, quando você vomitou e cancelou o almoço de trabalho e a palestra que daria? Três dias depois partimos para a Índia, será que as células já estavam se dividindo caoticamente dentro de você enquanto estávamos no barco a remo sobre a água no escuro e assistíamos à cremação na praia de Varanasi?

Será que você já estava doente em janeiro de 2018? A segunda vez em que notamos algo foi em junho, eu estive em um festival de literatura em Århus e você me encontrou em Copenhague, nós tínhamos alugado um Airbnb nas Ilhas Brygge, com um sofá-cama e o menor banheiro do mundo, ficava no terceiro andar e tinha uma sacadinha, lá de cima podíamos ver a abertura do canal, por onde corre a água, à direita. Nos encontramos no sábado, eu fui de trem e você de avião, você chegou antes e pegou as chaves com a anfitriã, teríamos de fingir para os vizinhos que éramos amigos dela, ela disse, ela era cantora, inventamos a história de uma musicista norueguesa e um músico italiano, eu celista e você violinista. Não encontramos ninguém. No dia seguinte acordamos cedo e caminhamos pelo centro e ao norte dos lagos, por ruas que nunca tínhamos percorrido, pegamos o rumo de Vesterbro e de repente, perto de Kødbyen, você precisou se apoiar numa casa. Você não conseguia dar nem mais um passo. Era impossível entender se você estava cansado ou com dor, você estava a ponto de ficar com raiva. Pegamos um táxi de volta para o apartamento.

Comemos na sacadinha as três noites. Você estava sem forças para sair e procurar um lugar para comer. Para nós, estava bom. De noite, você se sentava inclinando para frente na cama porque suas costas doíam muito. Não sei o quanto você dormiu. Não sei se você dormiu assim. Eu acordava no meio da noite e você estava sentado na cama, inclinado para frente. Mas agora eu me lembro que antes você já não estava bem. Você estava mal duas semanas antes, quando estivemos no festival do vinho em Bordeaux. Você esteve nesse festival muitos anos atrás com um amigo e queria muito ir outra vez, comigo. Queria passear com uma taça de vinho presa por um suporte no pescoço, parar nos diferentes pontos de degustação e provar diferentes tipos de vinho e lavar a taça em uma fonte antes de seguirmos. Nós fomos para Bordeaux antes de eu ir para o festival na Dinamarca. Tínhamos reservado um quarto num hotel duas estrelas pequeno, com janelas dos dois lados, uma delas dava para um parque, era uma daquelas janelas francesas que vão até o chão, e também em Bordeaux não saímos nenhuma noite para comer, e você gosta muito de sair para comer, nós ficamos no quarto bebendo vinho e comendo queijo, pão e salada de cuscuz comprada no supermercado. Você estava sem forças. De noite, sentiu dores. Você evitou falar sobre isso.

Para mim, alguma coisa aconteceu durante a primavera de 2018. Foi como se a chama tivesse diminuído. Você estava com menos energia e eu achei que tivesse a ver com nós dois. Que tínhamos entrado numa curva descendente e que viver com você, o motivo de eu ter vindo a Milão, seria assim. Seria cada vez mais assim, simplesmente não havia mais nada para nós dois. Apenas pouca energia. Pouca intensidade.

Eu tinha inveja da sua dor, que aumentou durante o verão. De noite, você vagaria pelo apartamento grande e escuro choramingando e lamentando. Eu nunca pensei que você pudesse estar de fato doente. Pensei que fosse a dor de estar reprimindo algo. Você não gostava mais de mim, você não queria a vida que levávamos. E você simplesmente não era capaz de reconhecer e dizer isso. Foi o que pensei. Às vezes eu achava que você tinha outra. Tinha de haver outra pessoa que fosse o objeto do seu desejo. Porque o que chegava até mim era muito pouco e muito ambíguo.

Quando viajamos de novo para Veneza em agosto e ficamos naquele apartamento em Giudecca que a editora alugou, sua dor estava tão forte na primeira noite que nós dois ficamos assustados. De manhã liguei para o meu pai em Oslo, ele havia sido enfermeiro e disse que nós deveríamos ir para o hospital para fazer exames. Era o que precisávamos escutar, e saímos na mesma hora. Lembro do pavor que sentimos um ao lado do outro no vaporetto, do pulo que demos para desembarcar em Zattere e de sair correndo até a Accademia, de atravessar aquela ponte alta e longa sobre o Grande Canal, correndo pelas ruas, e de passar pela igreja de Santa Maria dos Milagres até a praça San Giovanni, no Fondamente Nove, onde fica o hospital, que deve ser o hospital mais bonito do mundo. Lá dentro, o pavor de novo. Procuramos pelo pronto-socorro atravessando longos corredores, passamos por um pátio com plantas, árvores e gatos, até chegar em uma sala de espera com cadeiras de plástico azul e senhas, e quando você voltou da triagem nós olhamos para cima e vimos no monitor de chamada um ponto vermelho ao lado do seu número. Poucos eram vermelhos, a maioria era verde ou amarelo, em pouco tempo ficou claro que eles teriam de esperar mais. Entendemos que vermelho era para emergências.

Então eles te chamaram e eu não pude ir junto. O que fiz durante essas horas? Lembro das transições nítidas entre luz e sombra, do calor e da decoração de leões na fachada do hospital. O leão está pintado com uma perspectiva ilusória atrás dele, como se houvesse profundidade ali, como se o nicho continuasse para dentro, mas é apenas plano, apenas a parede. Fiquei um tempo parada à sombra na entrada do lado de fora, voltei para dentro, saí de novo. Já estive muitas vezes no lugar onde fica o hospital, em diferentes épocas do ano, durante muito tempo, por todo o período em que o apartamento da editora era na região de Castello, que é do lado. Passava pelo leão, reparava na perspectiva, mas nunca havia entrado. E naquele momento, de repente, o hospital de Veneza se tornou profundamente relevante para mim. Era lá dentro que eles iam descobrir o que havia de errado com você. Você, que está sempre ao meu lado. Você, que faz da noite e da escuridão um lugar nosso naquela cama grande, um lugar onde eu posso tocar você, sentir que você existe, estar segura. Você, que é minha casa e meu céu. Pego o celular. Quanto tempo será que demora? Demora várias horas e eu não recebo nenhuma notícia. Não havia sinal lá dentro, você me diz mais tarde. Eu não sei o que fiz durante aquelas horas, elas são como fragmentos de imagens que não se encaixam, um paralelepípedo, um batente de porta, um gato cruzando o gramado no calor, tudo muito perto.

De tarde, por volta das cinco, você manda uma mensagem dizendo que já está acabando, eu já posso encontrar você, e o nome do setor. Lá vou eu de novo, pelos corredores, procurando, perguntando, até chegar a uma sala de espera reservada às famílias. Você não está ali. Eu me sento em uma cadeira, depois troco para outra, todos os pacientes estão acompanhados, só eu estou sozinha, muitos estão sentados em cadeiras de rodas, um paciente com um acesso venoso e uma bolsa de soro está rodeado pelo que imagino ser sua família, a cadeira de rodas me dá medo, ainda não, eu penso, não com você, é isso que vai acontecer agora?

E então você chega sentado numa cadeira de rodas. Você está pálido, mas sorri, eu não queria estar na cadeira, você diz, você falou para eles, mas eles responderam que as cadeiras de rodas estavam novinhas e precisavam usá-las. Não tenho nada. Estou completamente saudável, você diz. Eu começo a chorar de novo. A barriga está doendo menos, você diz. O médico falou que só você poderia saber o que estava causando tanta dor. Em outras palavras: era alguma coisa psicológica, emocional.

Eles examinaram o coração. Aquele ponto vermelho indicava o coração, e não havia nada de errado com o seu.

Estamos tremendo de felicidade, você precisa esperar mais um pouco na cadeira de rodas, alguma coisa a ver com um remédio que precisa fazer efeito antes de você ir, mas isso pouco importa porque você está bem e nós estamos juntos. Depois saímos sob o sol poente de Veneza, aliviados e felizes, não lembro o que fizemos, aonde fomos, talvez para aquele lugarzinho perto do mercado de peixes em Rialto que abre às seis e serve pequenos bocconcini com bacalhau ou presunto e uma taça de Campari Spritz bem forte. Achamos um lugar na única área onde é possível se sentar, mas a maioria das pessoas prefere ficar de pé por lá com seus drinks na mão, moradores de Veneza voltando do trabalho que acabaram de pegar as crianças na escola ou no jardim de infância, os poucos que ainda moram lá e levam uma vida normal aproveitando seus aperitivos na segunda-feira, suas vidas-de-conversa-e-copo--na-mão em que tudo é normal e a morte ainda não rugiu em seus corpos transformando tudo em uma fachada irreal. Será que nos sentimos leves e aliviados quando chegamos lá, trêmulos de felicidade, nos sentamos e pedimos uma taça e uma porção de pão? Não me lembro. Mandei uma mensagem para o meu pai dizendo que não era nada. Ele respondeu imediatamente, feliz.

Mas eles não procuraram por um câncer. Eu não pensei isso na hora e não sei se você pensou. Só depois pensamos nisso e no que o médico disse. "Só você poderia saber o que estava causando tanta dor."

Duas semanas depois, estamos na recepção de um escritor na casa dos seus colegas, com espumante, sofás brancos, arte moderna e garçons uniformizados circulando pela sala servindo taças e canapés em bandejas pretas, eu pego um prosecco, mas você fica na água, não está se sentindo bem, você diz, de repente as coisas ficaram assim, você não queria mais saber das coisas que fazíamos antes, de tudo de divertido que gostávamos de fazer juntos, em Veneza eu notei que você tomava um spritz comigo no café à beira d'água em Giudecca enquanto o sol se punha, fazíamos isso todas as noites e eu sei que você fazia por mim, porque você sabia que eu queria, que eu queria que tudo estivesse bem, e você também queria, você pedia um spritz e um tramezzino ou um cichetto mas na verdade você estava sem vontade, mesmo depois de terem dito no hospital que estava tudo bem, e à noite nós também cozinhávamos em casa, não era como antes, quando as noites eram novas e abertas e quem mais queria sair e explorar, percorrer ruas e descobrir lugares onde nunca tínhamos estado, era você. Não era mais assim.

Você está sentado no canto do sofá branco com o copo d'água na mão e de repente você me dá o copo e sai apressado. Percebo que você precisou ir ao banheiro e vou atrás e ao chegar lá escuto você vomitando. Eu entro para te ajudar, você está debruçado sobre a privada e é como se um rio saísse de você, não é comida, não é o almoço ou alguma coisa que você tenha bebido um tempo atrás, não, o que está saindo de você é preto, aos litros, parece um óleo espesso e viscoso, depois entendemos que é sangue.

Te amo. Você está deitado na cama sob a luz, é 5 de janeiro de 2020, são 15h10, almoçamos no kebab da Viale Papiniano, você bebeu duas latas de coca, é domingo e faz sol. Daqui a oito dias, em uma segunda-feira, você fará outra ressonância magnética e nós vamos saber se o caroço que dá para sentir no lado direito da sua barriga é um tumor maligno ou apenas um cisto de uma cicatriz. Olha, você diz, isso deve ter aparecido depois da operação, você não acha? Está logo acima do corte que eles fizeram para colocar o tubo, você diz apontando para a pequena marca circular deixada sobre a pele no lugar onde colocaram um cateter para drenar da cavidade abdominal sangue, fluidos e tudo o mais que saiu de você durante os dias que esteve deitado naquela cama de hospital, com aquela camisa de pijama azul e uma sonda no nariz, mas ainda parecia o mesmo de antes e tudo isso parecia ser algo passageiro, a doença ainda era uma coisa nova e você estar de fato doente era não só inconcebível como anormal, errado e estranho. Mais de um ano e meio se passou e ainda me parece certo dizer que tudo isso é inconcebível, anormal, errado e estranho. Mas já não é mais algo novo. Simplesmente é o que é. Você vai morrer. Você está no quarto escrevendo seu romance no celular, já está na metade, você diz, é uma ficção científica policial, você explica, você está tão compenetrado nele que quando tomamos café juntos no sofá, ou eu chego perto de você, ou me sento na beirada da cama ou do sofá e te pergunto onde você está, no que você está pensando, você olha para mim e aponta o dedo para a cabeça ou para o celular, o que significa a mesma coisa, você está dentro do seu romance.

Eu também escrevo, estou escrevendo isto, agora, neste exato momento, em nosso escritório com vista para o jardim, de onde vejo pela janela o teto das casas e a cúpula da Basílica de San Lorenzo e ao fundo, lá longe, as montanhas cobertas de neve na direção da Suíça. É domingo, 5 de janeiro de 2020, 15h17, eu escrevo isto e você ainda está aqui, você está vivo, você está deitado na cama, provavelmente dormindo, vou até lá e vejo... sim, você está dormindo, você virou de lado e dorme e dorme.

Quando se trata do que realmente acontece comigo, na minha vida, fico em silêncio. Silêncio! Sinal de pare – fim da linha. Fica fisicamente impossível para mim registrar fatos, datas – pelo menos por um tempo. O acontecimento real *me atinge em cheio, pesado e complexo, esmagador e intangível – e transforma todo discurso, qualquer forma de articulação direta, em um rumor irreal.* Mesmo assim, sei que devo escrever, escreve Birgitta Trotzig. *Mesmo assim, o tempo todo, eu sinto lá no fundo o desejo de sobreviver, tão forte como se fosse a própria força da vida, sinto que, de alguma forma, preciso me conectar com* o acontecimento real *por meio de palavras,* [...] *preciso alcançar esse acontecimento, adentrá-lo e absorver seu calor.*

Quando você ficou doente, eu estava terminando de escrever meu último romance. Quando você voltou do hospital depois da operação e nós ainda morávamos naquele apartamento grande e escuro que não tinha quartos separados, era como um grande hangar, a base de uma pirâmide gigante, e você ficava lá deitado na cama com aquela ferida enorme sob a bandagem branca que ia do peito até a barriga, não havia nenhum lugar que eu pudesse ir para terminar de escrever o romance sobre aquela mulher jovem que vai para Milão para se dedicar ao desenho e à vida com o novo namorado italiano, um romance sobre ser órfã e acreditar que você não é digna de amor, que você não é desejada, uma experiência anterior à linguagem, uma experiência que essa mulher jovem só consegue acessar através dos desenhos que faz, um romance feito de imagens em que a ferida dessa necessidade de ser amada cicatriza lentamente, como galhos que vão crescendo e se conectando e cobrindo com folhas macias o que antes estava exposto e era apenas desolação e vazio.

Por isso eu coloquei o Mac e o carregador numa mochila e fui até a biblioteca na Viale Tibaldi, uma caminhada de meia hora até o parque plano e aberto onde ela fica. A biblioteca tem uma sala de leitura com quatro fileiras de mesas brancas e lâmpadas fluorescentes no teto, está sempre cheia, como tem muita gente na Itália, qualquer lugar está sempre abarrotado de pessoas, e toda vez que vou para Oslo depois de ter passado um tempo em Milão demoro a me acostumar com as ruas vazias e o número tão pequeno de pessoas, na biblioteca de Tibaldi vão muitos jovens italianos e eles escutam música alta nos fones de ouvido e falam sem parar como se seus corpos e pensamentos estivessem entrelaçados e os cadernos em que eles fazem anotações e grifos com suas canetas amarelas e cor-de-rosa fossem parte de uma escritura comum através da qual eles se conectam em um mundo secreto onde ninguém mais existe além deles. Me sentei lá com meu romance e ninguém sabia quem eu era, ninguém sabia que havia uma escritora norueguesa sentada entre eles enquanto faziam a lição de casa, ninguém sabia que eu escrevia um romance que um dia seria publicado em outro país e ninguém sorria para mim, os bibliotecários não sorriam, todos estão cansados, sujos e mal pagos, e em casa eu tenho um marido com câncer terminal, mas nós ainda achamos que tudo vai bem, acreditamos que os médicos removeram tudo o que precisavam remover do tumor que cresceu assustadoramente nas três semanas desde o diagnóstico até o dia da cirurgia, a ponto de o cirurgião ter dito depois que, se ele soubesse que estava tão grande, talvez não tivesse feito o procedimento, e agora, se isso tivesse acontecido, neste momento em que eu estou sentada na biblioteca, você estaria morto.

Termino de escrever o romance na biblioteca e tudo está sempre escuro, está escuro quando eu chego lá, escuro quando eu volto para casa, escuro dentro do nosso apartamento. Você está com dor. Você está inquieto e enjoado e sente dor ao se movimentar. Terminei de escrever o romance porque era a única coisa que eu podia fazer. Não posso fazer nada para ajudar você. Também não posso fazer nada por mim além disso. Terminar meu romance. Porque é isso que eu faço. Escrevo romances. É assim que me encontro no mundo, eu crio um lugar, ou o romance cria esse lugar para mim, nós fazemos isso juntos, e é lá que eu posso existir, no romance.

O romance estava quase pronto quando você ficou doente. Eu só precisava seguir adiante, num primeiro momento achei que seria difícil e até errado trabalhar nele, como se eu me distanciasse da minha própria pele e assumisse uma postura técnica e distante. Mas na época alguma coisa aconteceu entre nós dois que permitiu que o romance finalmente se desenrolasse. Quando você ficou doente, foi como se fosse necessário para você me mostrar, de um jeito novo, que eu era importante, mais do que isso, que eu era o que de mais importante existia na sua vida. Você quis se casar comigo. Formalizar nossa relação. Será que sentíamos que o casamento podia nos proteger, como se com isso pudéssemos criar um laço que te impedisse de morrer? Será que acreditamos que o casamento seria como um fio de seda vermelho que nos uniria e se a morte viesse te buscar ela não conseguiria te levar porque você estaria preso a mim?

Sentir que você realmente me queria foi decisivo para a escrita do romance. Te amo. Te amo mais do que tudo. Você sempre me disse isso. Mas antes do casamento faltava alguma coisa, algo difícil de definir. Algo que simplesmente nunca se expressava. Nunca ficava claro. Faltava você. O que você queria e desejava. O importante não foi o casamento em si, mas o seu desejo, poder finalmente ver, de forma transparente, o que você desejava e o que significava para você estar comigo. Você escolheu estar comigo. Você me queria.

Experimentar essa clareza foi fundamental para que eu pudesse fazer com que Val, a jovem mulher do romance, se encontrasse em Milão. Para Val, ver esse brilho nos olhos de outra pessoa foi como acender um farol que finalmente iluminasse a escuridão das águas do fiorde onde ficava a casa em que ela nasceu, uma luz que dava as boas-vindas ao que era novo e possível dentro dela.

E agora estou aqui escrevendo isto.

Este não é o livro que eu imaginava escrever depois de terminar *Romance. Milão*. Os meus romances começam quase sempre com um lugar. É o que vem primeiro. Eu vejo e sei onde o romance vai acontecer. E o romance seguinte a *Romance. Milão* não deveria acontecer aqui, no apartamento que é a nossa casa, no escritório com vista para os telhados das casas e San Lorenzo. O romance deveria acontecer em outro continente, numa cidade que eu mal conheço. É lá que meu novo romance me espera. Mas o tempo todo eu soube que não poderia escrever esse romance antes que isso acabe. Em primeiro lugar: que fique claro o que vai acontecer com você. Que você fique bem de novo. Os primeiros dois meses depois da operação criaram uma pequena possibilidade para que isso acontecesse. Mas quando a primeira ressonância detectou metástase no fígado, microscópica, mas ainda assim metástase, eu entendi que você ia morrer e soube que o novo romance não sairia antes disso.

Por que eu não posso escrever esse romance antes que isso acabe? Porque escrever esse romance é descobrir alguma coisa, é investigar questões que não saberei quais são antes de você ir embora. Preciso mergulhar no texto e descobrir, enquanto escrevo, do que se trata. E não consigo fazer isso agora. Eu não sei o que estou sentindo. Eu não sei o que vou sentir. Quais serão as minhas questões? Eu não sei.

Hoje é segunda-feira, dia 6 de janeiro. Dia de Reis. Feriado na Itália. Na próxima segunda você vai fazer um novo exame. Almoçamos no sofá, couve-flor cozida com azeite de oliva, sal e pimenta, um pouco de gorgonzola e uma salada que você me ensinou a fazer, de chicória cortada em fatias finas no sentido do comprimento, com molho de um tipo de anchovas que não temos na Noruega, anchovas salgadas e firmes, picadas e misturadas com azeite e alho. Esquento pão para nós. Abro a mesa cor-de-rosa baixa na frente do sofá e sirvo a comida ali, é uma cópia feita pela Ikea do tipo de mesa em que nós comíamos em restaurantes de rua no Vietnã, agora já faz quase três anos que estivemos lá, foi nossa primeira viagem para um lugar distante, eu sempre quis conhecer Saigon, onde Marguerite Duras frequentou a escola, e ver o Delta do Rio Mekong, ver a paisagem dela, onde ela cresceu, e quando eu disse isso, bem no começo, quando tínhamos acabado de nos conhecer, você disse que seria nossa primeira viagem de inverno, iríamos para lá. E foi o que fizemos. Passamos dez dias lá, contratamos um guia, um vietnamita jovem e magro, para nos levar de bicicleta pelos pequenos caminhos ao longo da rede de rios e canais do grande delta, dormimos numa casa em uma ilha, uma palafita nos juncos, e ouvimos galos cantando a noite inteira, na Cidade de Ho Chi Minh, que é como Saigon se chama agora, ficamos em um antigo hotel colonial perto do rio. Tomamos café da manhã na cobertura, comemos mamão, manga, pitaia e uma outra fruta que eu não sei o nome, sentados em cadeiras altas a uma pequena mesa redonda, de lá podíamos ver o rio, que estava quase sem água e com as margens cobertas de lixo, havia o barulho constante das motocicletas e mobiletes buzinando e o cheiro da fumaça dos escapamentos, não havia paz na cidade, era impossível imaginá-la como na leitura de *O deslumbramento*, um livro em que as personagens passeiam no fim do dia, enquanto o sol se põe, e podemos imaginar essas mulheres vestidas de branco, luvas, chapéu e cachecol deslizando pela paisagem em um conversível preto brilhoso com a capota abaixada. Não era desse jeito, mas foi bom mesmo assim, você descobriu como pegar um ônibus para Cholon, o bairro onde mora o chinês de *O amante*, e onde tem um mercado chinês, de acordo com o que eu tinha lido no guia de viagem. Quando chegamos lá, nos demos conta de que, assim como na cidade, era impossível imaginar Cholon como o bairro de Duras. Visitamos um templo e cada um de nós escreveu um pedido em um pedacinho de papel vermelho. Os pedaços de papel são colocados no interior de uma estrutura grande e espiralada de madeira, e então o monge acende a estrutura pela ponta, que se ilumina antes que ele a pendure no teto, onde ela ficará suspensa, soltando fumaça e brilhando junto com outras espirais, enquanto a chama vai descendo devagar na direção dos papeizinhos em que escrevemos nossos pedidos. Eu não sei o que você escreveu no seu papel. Também não falei o que escrevi no meu. Não lembro exatamente como foi, mas sei que era um pedido de amor e que envolvia nós dois.

Lá, antes de pegarmos o ônibus de volta naquela noite, enquanto escurecia, compramos uma mesa dobrável de metal como aquelas em que nos sentávamos todas as noites do lado de fora, três banquinhos de plástico laranja e um saco plástico reforçado para despachar tudo no voo de volta para casa. Essa mesa fica hoje em frente ao sofá, tiro o livro de cima dela e coloco seu prato. A versão da Ikea nós encontramos na coleção de móveis para área externa no verão seguinte, compramos mais duas.

Eu chamo seu nome, digo que está pronto, você diz que já está vindo. Isso significa que você precisa esperar o remédio ser absorvido, você está deitado na cama com o comprimido branco debaixo da língua, você diz que é como submergir na água, a leveza da morfina se espalhando pelo seu corpo, você toma um analgésico antes de comer porque quando eles retiraram o tumor também tiveram que remover pedaços do estômago, todo o baço e um pedaço do intestino, depois costuraram tudo, mas, mesmo assim, quase um ano e meio depois, comer é difícil para você, por isso o médico especialista em dor sugeriu que você tomasse um analgésico um pouco antes, e isso ajuda.

Você tem um médico especialista em dor, um oncologista, um médico no hospital e uma médica clínica geral. Te amo, você diz ao se sentar ao meu lado no sofá. Nós comemos, entre uma garfada e outra você fecha os olhos e dorme por um segundo e então você dá uma sacudida, abre os olhos e olha para mim, como se estivesse com medo de que eu tenha visto. Em seguida, você se recosta no sofá, tenho a impressão de que você está com um novo tom amarelado no rosto, acho que li em algum lugar que isso é um sinal de insuficiência hepática, o tecido canceroso deve estar crescendo no fígado, mas não suporto a ideia de ter de pesquisar e ler sobre isso mais uma vez. De 15 a 20 meses, essa é a média de expectativa de vida depois da operação. Estamos no décimo quinto mês agora. Não quero perder você, me pego dizendo. Isso eu posso dizer, porque é algo que eu também diria antes. Não quero perder você. Meus olhos se enchem de lágrimas e sei que você vê, mas nós não falamos sobre a morte. Você nunca vai me perder, você me diz então. Nunca, nunca, nunca.

Mas, sim, eu vou perder você. Não resta muito tempo. Foi o que o oncologista disse quando perguntei a ele no instante em que você saiu da sala a última vez que foi ao hospital fazer a quimioterapia. Foi entre o Natal e o Ano-Novo, o médico passou para te falar alguma coisa, mas você tinha saído e eu fiquei sozinha com ele e, finalmente, pude perguntar sem que você ouvisse. Você pode me falar, eu pergunto. Só para mim. Você quer saber quanto tempo, ele pergunta. Quero, eu digo. Você pode contar só para mim? Ele olha para mim, jovem e bonito, com longos cabelos castanhos encaracolados, olhos grandes e sérios, jaleco branco, ele se parece com os meninos pastores nos campos de Belém na Bíblia, no máximo um ano, ele diz, não mais do que isso. O que isso quer dizer, eu pergunto, significa que pode ser talvez só três meses? Talvez seis, ele diz, mas não um ano. Não mais de um ano a partir de hoje?, eu pergunto, É, ele diz, a partir de hoje, e o que estamos fazendo, eu não sei, mas preciso saber de alguma coisa, algo que tenha alguma consistência, mesmo que seja o dia que você vai morrer. Eu preciso que ele me diga isso, me dê isso, não que me venha com evasivas, imprecisões e respostas vagas. Mas não conte isso para ele, diz o médico, me fitando com seus grandes olhos castanhos, ele chega perto de mim, fica bem na minha frente e diz baixinho, me olhando bem nos olhos, Ele precisa ter esperança, diz o médico em italiano, e tudo isso passa tão rápido que eu só tenho tempo de acenar a cabeça, concordar e agradecer e quando me dou conta ele já se foi.

Você quer dar uma festa de Ano-Novo em casa. Nós já demos uma no nosso antigo apartamento, na primeira vez em que passaríamos uma virada de ano juntos, eu estava em Oslo com minha família durante o Natal e você estava em Milão com sua mãe idosa e uma cunhada, viúva do seu irmão, mas eu voltei a tempo para que nós preparássemos tudo. Você estava muito feliz, nós dois estávamos muito felizes, lembro de você na bancada preparando a comida, a enorme cozinha aberta, você iluminado pela luz do balcão cortando legumes, cuidadoso e concentrado, você tirava a gordura de cada um dos cubos de bacon pré-cortados antes de fritá-los na frigideira, você fazia isso por mim, para ter o mínimo possível de gordura na salada, você também decidiu que teria várias opções de salada, para mim. Vieram, talvez, umas trinta pessoas no total, e tirando um amigo de Oslo, todos os demais eram pessoas do seu trabalho, algumas com crianças, um casal com um cachorro, tinha um juiz muito conhecido e a esposa dele, uma jornalista, e o Allan, que é historiador mas ganha a vida escrevendo sobre comida, e ele parece alguém que vive disso, os lábios dele são grandes e carnudos e parece que ele está sempre provando e degustando, até mesmo quando está falando, e a barriga dele é grande e redonda e coberta por uma camisa branca e suspensórios. Eu estava usando um vestido de lantejoulas e salto alto e isso foi antes de eu aprender italiano, eu morava com você havia apenas três meses, e, embora ninguém faça discursos em festas na Itália, nem mesmo para desejar boas-vindas a todos, tudo simplesmente flui, com as pessoas de pé ou sentadas em cadeiras do lado de fora ou encostadas no sofá, no nosso primeiro réveillon eu subi em um banquinho e bati no copo e todos se juntaram próximos à mesa da cozinha e fizemos uma rodada em que cada um se apresentou, em inglês, para os outros e para mim, que mal conhecia um ou outro, todo mundo falou um pouco sobre o que fazia e o próprio nome, e o nome das crianças, e do cachorro, que se chamava Cesar, e você estava tão orgulhoso de mim, você olhou para mim e seus olhos brilharam, eu acho que você estava feliz, não só porque me apresentei e me fiz presente, mas porque mostrei que eu estava lá e queria fazer parte do seu círculo de amigos, conhecer cada um deles, eu era sua e daquela turma, de todas aquelas pessoas, daquelas vidas que estão no seu entorno, eu estava lá para tudo isso, e mostrei a todos, sinceramente, que eu queria ser incluída e pertencer àquele mundo.

Não mais de um ano a partir de hoje. É a véspera da noite do réveillon, e quando você volta eu ainda estou onde falei com o médico, aos pés da cama no quartinho do oitavo andar no hospital do instituto nacional do câncer na Via Venezian, perto da Piola, eu olho para você e não posso te dizer. E você sorri para mim e a sua cabeça está tão pequenininha e esquisita, como a cabeça de um velho talvez não muito sábio, você se senta na cama, é um pouco antes do meio-dia, estamos esperando a quimioterapia chegar para pendurar a bolsinha no suporte, conectá-la ao cateter subcutâneo implantado no seu peito e para que o remédio comece a ser administrado. Por que eles não podem te contar? Por que você não quer saber? Você ainda quer que a gente faça uma festa de Ano-Novo. Amanhã. É o nosso quarto Ano-Novo juntos. O primeiro foi o da festa na casa antiga, o segundo foi em Oslo na casa do meu amigo, quando voltamos bêbados e felizes de Grünerløkka pela neve, atravessamos o rio e subimos até Telthusbakken, ao longo de St. Hanshaugen, e então cruzamos a última colina, passando pelo Idioten, e chegamos em casa. O terceiro foi no ano passado, aqui em Milão, tínhamos acabado de nos mudar para o apartamento bem acima do Darsena, com vista para a bacia do canal e para o trânsito dos carros, com todas aquelas pessoas e barulhos, isso foi três meses depois da operação, nós ainda estávamos em choque e o seu corpo lutava para funcionar como um sistema coerente, você sentia dores e estava com medo, e estava escuro o tempo todo, a casa cheia de caixas da mudança porque ainda estávamos sem armários, seu corpo magro com a cicatriz da cirurgia, longa e irregular, até o abdômen, e você deitado de lado em uma toalha no piso novo e bonito do banheiro, o jeito como você me deixou te ajudar, as noites em que você estava constipado e eu levantei suas nádegas flácidas, encontrei o ânus e cuidadosamente introduzi o longo tubo que eu havia esquentado no bidê e lubrificado com azeite de oliva, para poder passar devagar pelo orifício enrugado e introduzir o máximo que desse, e então era preciso apertar o bulbo de borracha vermelha para bombear a solução de água morna e óleo o mais fundo possível para dentro do intestino. Com um aceno de mão você indica que já é o suficiente, Basta, basta, eu tiro o tubo e o coloco no bidê, está todo sujo de fezes, e enquanto você se levanta eu saio e fecho a porta e fico esperando do lado de fora no corredor, deixo você sozinho no banheiro e escuto e espero e fico tão feliz quanto você quando percebo que funcionou, alguma coisa saiu, aquilo que estava te incomodando tanto se desprendeu e foi evacuado. Ou você tem diarreia e numa manhã você cai ao tentar se sentar na privada do banheirinho de hóspedes atrás da cozinha, tudo lá é novo, os ladrilhos rosa-claro nas paredes e o padrão geométrico no chão, nós estamos muito felizes por termos escolhido exatamente assim, lúdico e elegante, você diria, é cedo e eu ainda estou tonta da bebida da noite anterior, estou me embebedando todas as noites agora que você está doente, bebo para fugir de tudo e me afundo na cama e no sono profundo eu divago e de dentro desse sono, pela manhã, o que ouço é você gritando por mim com uma voz fina e alta, e então vou até a cozinha, Aconteceu um acidente, você diz lá de dentro, eu já estou no banheiro, mas, a princípio, não ouso olhar, estou com muito medo de que você tenha se machucado, batido em algum lugar, se quebrado ainda mais, está muito claro, o banheiro brilha, eu só preciso entrar, lá dentro, no canto, você está sentado no chão, você caiu, e tem cocô marrom-claro e pastoso nas mãos, na calça de moletom ao redor das panturrilhas, debaixo de você e ao redor da privada, escorrendo e respingando nas paredes. Você não se machucou, você diz, e eu fico tão aliviada que começo a rir, Você está sentado aí!, eu digo, e você começa a chorar, você também está aliviado, você estava com medo que eu ficasse brava.

É agora, agora que você quer fazer uma festa de Ano-Novo que eu fico brava. Você mencionou isso algumas semanas antes do Natal, que você estava com vontade de dar uma festa, mas não voltamos a falar mais disso a sério, você está muito fraco e de noite, com frequência, você não está disposto, e nas raras vezes em que temos convidados você vai para o quarto descansar e depois volta, então eu acho que foi uma ideia que passou pela sua cabeça, essa história de festa, você provavelmente quer que as coisas sejam como antes, radiantes, leves e alegres, e eu entendo isso muito bem, mas já não é mais assim e acho que essa conversa não vai dar em nada, porque acredito que você ainda tem os pés no chão. Mas depois, quando estamos tomando chá da tarde no último sábado antes do Natal com uma amiga minha, a que foi minha madrinha no nosso casamento, no enorme apartamento em que ela mora, as duas crianças dela estão lá, com alguns amiguinhos, também estão outras pessoas, ela tem um círculo de amigos grande, um deles é um escritor que encontramos várias vezes e a esposa dele, ambos sorriem cheios de vida, e nós estamos lá com nossos proseccos à mesa, que transborda com queijos e azeitonas e panetones e pãezinhos e diferentes tipos de presunto, e então você os convida para nossa festa de réveillon. Sinto na hora minha relutância mas não digo nada. Eles agradecem e dizem que não sabem se podem, eles vão para as montanhas com a filhinha e os avós e não veem a hora de poder descansar (ele acabou de publicar um romance que se chama *A criança em todos os lugares*) e provavelmente vão ficar lá até depois do fim de semana do Ano-Novo, mas se vierem para a cidade antes, prometem avisar. Você também convida minha amiga, e o namorado novo dela, eles também não sabem ainda se podem e eu penso que então devemos deixar para lá, não combinamos nem organizamos nada. E então vamos para Oslo, onde ficaremos da véspera de Natal até o dia 26, você dorme no sofá da sala todo o tempo quando não estamos na festa de Natal com o meu irmão e no dia seguinte na casa do meu pai e então nós acordamos muito cedo e pegamos o bonde no frio até Oslo S e o trem até o aeroporto. Você está deitado no sofá em Oslo com um cobertor e a luz da lâmpada acima da cabeça, está escuro lá fora, ou então o céu está todo colorido pelas transições do sol nascendo ou se pondo, eu vejo você do outro sofá ou da cozinha, você está deitado segurando o iPad, lendo, mas então é como se o sono te arrebatasse, ele chega com muita facilidade, você tem o iPad nas mãos, o seu queixo cai e você se vai, e a vida parece muito tênue em você.

Então estamos de volta em Milão, numa festa, e do nada você convida um outro escritor que eu também conhecia e a esposa dele, ele é divertido, eles podem ir, e o Allan, nosso amigo gourmand. Então seremos pelo menos cinco. Eu não quero dar uma festa, mas cinco pessoas é aceitável, se é tão importante para você eu consigo, mas na noite seguinte uma amiga de Roma, o marido dela e as três filhas vêm nos visitar, eu conheço apenas ela, mas não muito, ela é jornalista e produz podcasts para a RAI, ela é aberta, direta e envolvente, gosto muito dela, é a primeira vez que eu encontro as crianças, três meninas muito animadas, todas com alguma coisa para contar, para elas nós servimos suco de maçã e biscoitos, e para os adultos, vinho, eu passo uma taça e converso e encho outra e escuto e quando o remédio se dissolve debaixo da língua você vem para a sala e se senta conosco em um dos banquinhos laranja, você também participa. Quando eles estão indo embora duas horas depois, eu já me sentindo exausta de acompanhar tantos braços e pernas e olhos e existências em movimento tão de perto, quando minha amiga se levanta e eles vão até o hall onde estão penduradas as blusas, as jaquetas, os cachecóis e os gorros, você pergunta se eles também não querem passar o Ano-Novo conosco. Nós vamos estar com um casal de amigos, ela diz, com mais duas crianças, e então sorri e levanta a sobrancelha como um ponto de interrogação, mas você diz apenas Ótimo, demais, melhor ainda, venham todos, vai ser muito bom. Eu não digo nada. Só sinto relutância, mas não sei o que é nem de onde vem. Então eles vão embora, minha amiga com o marido e as filhas e você vai para o quarto se deitar e eu vou arrumar a cozinha.

Por que não podemos falar a verdade? Por que não podemos falar as coisas como elas são? Por que eles precisam esconder de você a sua morte? Você realmente não quer saber, não quer estar em contato, não quer conhecer a verdade sobre si mesmo?

Hoje é quarta-feira, 8 de janeiro, quando eu voltei da academia, um pouco antes do meio-dia, você estava se vestindo, Tudo o que eu faço é dormir, você diz, não saio de casa. Me sentei no chão com a roupa toda suada, de frente para a borda da cama, onde você estava sentado vestindo as meias, aquelas meias longas que vão até o joelho que os homens usam na Itália, e olhei para o seu rosto, todo enrugado, mas ainda é você, ainda são os seus olhos, e como me sinto em casa olhando esses olhos. Como eu olho em seus olhos e ao mesmo tempo, o tempo todo, sei que você vai morrer. Temos sido eu e você e a morte há muito tempo. Mas, de certa maneira, somos eu e você, e a morte do outro lado, porque nós não falamos sobre a morte. Não entendo como você consegue não falar sobre ela. Só posso acreditar que em algum lugar dentro de você, você está pensando sobre isso. Você não fala para me poupar? Assim, vamos ficar os dois com ela, sozinhos.

Eu escrevo *ainda é você, ainda são os seus olhos.* Mas ainda é você, por trás desses olhos? Você está muito medicado, os seus olhos não são mais os mesmos, o olhar neles não é o mesmo, o lugar que eu encontrei neles de certa forma se foi, aquele lugar vasto que havia na época em que te conheci, antes de você ficar doente, ou melhor, nossos lugares, os lugares em nós, porque acho que tem sido assim para você também, vagamos juntos no interior um do outro, nos olhos. Que nós fomos a casa um do outro, nos olhos. Seus olhos agora estão como que congelados, eles não têm mais profundidade, é como se já não pudessem mais fazer contato com seu interior, ou como se não houvesse mais abertura para que eu pudesse entrar. Não há mais um lar dentro dos seus olhos. Eles apenas estão lá.

Estou aqui escrevendo, você saiu de casa um pouco antes do meio-dia, agora são três e dez e eu ouço suas chaves na fechadura, você voltou para casa, Oi, eu grito, você vem direto para o escritório, de jaqueta e tudo, eu levanto do computador e vou até você e te dou um beijo na boca, Tão bom te ver, você diz sorrindo e eu sei que você fala sério, do fundo do coração, mas você não está se sentindo bem, dá para ver. Estou congelando, você diz, aqui está quente, mas na editora estava muito frio. Você está com dores, mas a farmácia ainda não recebeu mais dos seus comprimidos de morfina, você passou lá no caminho de casa, você diz que tem outro remédio que pode tomar no lugar, entra no quarto e se deita, quero pegar um cobertor para você, mas você não quer, vejo que tem algo em seus olhos, uma escuridão, pergunto no que você está pensando, paro ao lado da cama e faço um carinho no seu joelho, você está pensando em alguma coisa específica, eu pergunto e é à morte que me refiro, podemos falar sobre a morte, mas você aponta para a bolsa no chão, o livro que estou lendo, você diz, estava pensando nele.

Eu já escrevi catorze romances e se tem uma coisa que espero da escrita é que ela seja verdadeira. O que escrevo precisa ser verdadeiro. Eu também quero a verdade para a minha vida, nos meus relacionamentos com os outros, na minha relação comigo mesma. Deixei de falar com minha mãe por dois anos, três meses e quatro dias, quando eu tinha por volta de trinta anos, porque eu não era a mesma quando ela estava por perto ou quando falava com ela por telefone. Eu não me reconhecia. Reconhecia apenas ela. Ou o que eu achava que fosse ela, o que ela era dentro de mim, enfim, eu já não sabia mais o que sentia sobre mim mesma. Era eu ou ela. E por isso rompi com ela porque precisava ficar sozinha comigo mesma primeiro. Me fortalecer internamente para que eu não desaparecesse quando ela estivesse por perto. Todas as horas de terapia, todos os tratamentos corporais e todas as meditações e o trabalho com os sonhos. Carl Gustav Jung disse que nossa maior esperança ao longo da vida deveria ser adquirir um eu suficientemente forte para poder suportar a verdade sobre nós mesmos. E não tenho a menor ilusão de que eu enxergue a verdade total sobre mim mesma, mas de uma coisa eu sei, tenho um desejo pela verdade que parece ser a minha própria força vital. E fico doente quando vou contra essa força, quando vou contra mim mesma.

Foi por isso que fiquei doente na noite do Ano-Novo. Começou na noite anterior, enquanto eu organizava a festa que você queria, com todas as crianças e tudo o mais, quando saímos com o carrinho de compras vermelho e fomos às compras, era tarde, mas tudo fica aberto até mais tarde aqui, você tinha feito quimioterapia até o fim do dia, era 30 de dezembro, o dia em que o médico veio até mim e disse Não mais de um ano a partir de hoje, o que significava que era o nosso último 30 de dezembro juntos e que seria também a nossa última noite de Ano-Novo e você queria que nós déssemos uma festa para nove adultos e cinco crianças, você, que está entupido de quimioterapia e morfina, e eu, que estou cansada de estar aqui ao seu lado fazendo coisa atrás de coisa enquanto você está muito fraco. Vou passar nossa última noite de Ano-Novo cozinhando para pessoas que nós não conhecemos ou mal conhecemos, pessoas que não estão pensando na morte a cada minuto que passa, para quem o réveillon é a noite dos fogos, da champagne e de se alegrar com o futuro. Nós não temos um futuro para celebrar! Você não entende! Não posso fazer uma festa que não seja verdadeira. Mas eu não disse isso. Você insistiu para que fizéssemos a festa. Era muito importante para você essa festa. E eu fiquei brava porque você não conseguiu perceber o que acontecia. O que significa essa festa? Você não soube me responder direito. Estou fazendo para você, você disse.

E no dia do réveillon eu acordei com febre, tosse e coriza, me sentei no sofá com você de manhã sabendo que eu poderia ir para a cama me deitar, assim como você, mas não fiz isso, foi realmente uma escolha, um divisor de águas, e então me inclinei para a outra direção, me retirei e comecei lentamente a encarar o trabalho que tinha pela frente, preparei sistematicamente a comida, o que dava para adiantar e o que precisava esperar, lavei nossos banquinhos vietnamitas, arrumei a sala, coloquei velas pela casa, organizei uma mesa para bebidas e copos, guardanapos, pratos, talheres, tigelas com tangerina, batata chips e azeitonas. Tínhamos dito oito e meia, mas Allan chegou mais cedo, de suspensórios e uma garrafa de champagne magnum, que colocamos do lado de fora no terraço para manter gelada, Allan saiu mais uma vez pouco depois das dez horas, a garrafa ainda estava no chão do corredor, antes de ele sair me sentei um pouco ao lado dele e da barrigona dele no sofá, ele me chamou, Venha, ele disse batendo a mão no assento ao lado, ele era a pessoa que eu melhor conhecia na festa, ele me contou sobre as duas amantes dele que tinham o mesmo nome, é prático, ele falou e nós rimos e então ele me disse baixinho que é ruim para quem está doente, mas, de outro modo, é pior para quem não está e então meus olhos se encheram de lágrimas, pouco me importa saber para quem é pior, mas é muito raro alguém me perguntar como estou, e quando todo mundo chegou às oito e meia me sentei em um banquinho na cozinha com um copo grande de gim-tônica e o celular sem querer falar com ninguém, eu estava doente, dava para perceber pela minha voz, mas mais do que isso eu estava com raiva, ou talvez estivesse com tanta raiva que fiquei doente por não dizer que estava com raiva, mas lá estava eu sentada, de qualquer maneira, durante a primeira hora de festa.

E, claro, você estava feliz, feliz comigo, você não ficou bravo porque eu estava com raiva, você sempre diz que gosta de mim como eu sou, se eu precisava ficar sentada sozinha na cozinha, tinha o seu respeito e solidariedade, você estava do meu lado, e assim você sempre cria espaço ao meu redor, só eu posso saber do que preciso e sou eu que devo ter a iniciativa de dizer. Você gosta muito de mim. E eu gosto muito de você, e por isso faria a festa para você, mesmo sem querer. Eu fiz para você.

Talvez eu devesse ter seguido um outro caminho desde o começo. Mas de certa forma é como se tudo estivesse ligado, desde muito antes de você ficar doente, desde que nos conhecemos. Nós somos muito diferentes na maneira como nos relacionamos com o mundo, no que precisamos. A sua imprecisão, você diz que me ama e sempre fez de tudo para me mostrar isso, sempre, você quer que eu esteja junto sempre que possível nos seus programas e quer estar comigo em todos os lugares quando tenho uma viagem a trabalho, mas era como se você hesitasse, não estivesse totalmente presente, como se houvesse uma reserva ou uma incerteza, que talvez não tivesse a ver conosco, na verdade, mas com quem você era, com quem você é, com o jeito que você é, uma pessoa que hesita e espera, mesmo assim isso mexeu profundamente com a minha insegurança e me fez questionar se você realmente queria estar comigo. Também era assim no sexo, você estava envolvido, mas muitas vezes era como se você desistisse no meio do caminho e recuasse em vez de se entregar mais. Quando falávamos a respeito disso, quando eu disse que me perguntava se estávamos reprimindo uma intensidade que havia entre nós, da qual eu sentia falta, primeiro você disse que achava que era uma questão de tempo apenas, que ia melhorar mais para frente. Mas não muito tempo atrás, quando falamos sobre isso de novo – e agora falar é tudo o que fazemos, já não nos deitamos juntos desde que você ficou doente, É como se lá embaixo estivesse morto, você disse apontando para o pau flácido numa noite em que estávamos sentados na cama, o seu sexo, antes um belo pau, parece completamente perdido debaixo da longa cicatriz da cirurgia de onde tiraram tanto de você que se formou um buraco –, você disse que achava que talvez não houvesse mais nada, nenhuma força em você. Talvez não houvesse nada de animalesco em quem você era, você disse, e para você, o sexo era assim.

E foi um alívio quando você disse isso, pensei que minha noção de intensidade talvez fosse mais uma entre as muitas ilusões que criamos e que estão contaminadas pela pornografia, por todos os filmes, as fotos, o suor, o calor, o sexo apaixonado, pelo desejo de possuir você, de ter você, de gemer e rugir e uivar, de corpos se batendo, talvez a ideia de que exista nisso tudo uma redenção seja enganosa, e a redenção e a promessa do encontro transcendental, a crença que eu tinha no fundo dessa violência, que eu de certa forma lamentava não termos explorado juntos, simplesmente não façam sentido.

Por que não podemos falar sobre a sua morte? Também nisso estamos distantes um do outro. Acho que é possível se entregar e chegar a novos lugares juntos, também no sexo, mas para isso precisamos ser ousados. É isso que está faltando? Coragem? O que eu posso fazer por você agora? Como uma pessoa pode dar coragem a outra? Se o outro não quer tomar coragem, só quer se esconder. Se esconder do fato de que vai morrer. Não posso te forçar a encarar isso. Não posso te forçar. Eu não posso enfiar a morte na sua cara, apertá-la como se fosse um travesseiro. Tudo o que eu posso fazer é estar aqui, ao seu lado.

Você está nas suas pinturas? Você é editor, foi assim que nos conhecemos, você publicou meu livro em italiano. Mas quando jovem você queria ser artista plástico, você queria pintar, você estudou em academias de arte nos Estados Unidos e em Paris, essa é a sua formação, você não estudou literatura. E você continuou pintando quando voltou para Milão, sua mãe te apoiou e comprou um apartamento de dois quartos para você ter seu ateliê, e lá você pintou e com vinte e poucos anos fez uma exposição, paisagens em placas de cobre, que brilhavam como ouro sobre a superfície do metal. Você fez uma única exposição, mas quando acabou, a mulher com quem você estava casado à época disse que havia sido o suficiente, Agora você precisa ir para a editora, trabalhar e ganhar dinheiro. Seu pai, o aclamado e admirado fundador da editora, tido como um homem culto, entendido de arte, design, móveis e gravuras chinesas antigas, nunca pendurou um único quadro seu naquele apartamento enorme de trezentos metros quadrados. Como pintor, você não era ninguém para ele. Você parou de pintar. O ateliê foi alugado para um estudante. Você é inteligente e sensível e se tornou um editor talentoso, você leu Harry Potter e ficou entusiasmado muito antes de o livro decolar, você publicou Astrid Lindgren, Žižek e Jung: *O livro vermelho*, você tem bons autores italianos, você fez com que o grupo crescesse e hoje ele consiste em várias editoras, muito mais do que antes, de diferentes gêneros, você até abriu um pequeno selo na Espanha.

De certa forma, temos histórias opostas, eu queria ser psicóloga e seguir carreira acadêmica mas aí comecei a escrever enquanto estudava e ao mesmo tempo arrumei um namorado escritor e ele me fez acreditar que a escrita poderia dar certo, que era possível viver disso. Tive apoio. Você não teve. Mas também acho que busquei apoio. Fui atrás de alguém que, eu sabia em algum lugar de mim, ia me ajudar a viver a vida que eu precisava viver para crescer. Por que fiz isso? Por que procurei apoio, encontrei apoio e tenho escrito desde então? Enquanto você procurou alguém que te fez abandonar o que era seu?

Quando nos conhecemos, você tinha um caderno em que escrevia com sua letrinha minúscula entre linhas apertadas. Você disse que estava escrevendo um romance sobre uma garota, acho que havia algo sobre ela estar sentada numa árvore. Você também compunha músicas, que vinham em sequências inteiras na sua cabeça, eram composições que estavam mais avançadas do que você era capaz de tocar no piano, às vezes um jovem pianista vinha te dar aulas, ele estudou as peças com você e tocou algumas partes para que você pudesse ouvir o que tinha feito. Mas você já tinha escutado dentro de você. Para mim era impressionante que você conseguisse escutar dentro de você aquela complexidade de sons que só eram visíveis como linhas de notas no computador, para mim aquilo era completamente abstrato, eu não conseguia ouvir nada. Você tinha sempre um projeto no forno, você precisava criar alguma coisa, estava sempre ocupado. E quando eu te perguntei por que você não voltava a pintar, quando eu vim morar com você em Milão no outono há três anos, sua resposta foi um pouco confusa no início, mas então você disse que era tudo muito difícil. E muita coisa é difícil e complicada na Itália, às vezes parece que o sistema foi feito para fazer as pessoas desistirem antes de sequer começar, são muitas as regras e as burocracias e quase nada está disponível online para que você possa resolver tudo sozinho, é preciso sair cedo, fazer fila com milhares de pessoas, sentar-se por horas em cadeiras de plástico gastas em grandes salas de espera para conseguir resolver qualquer coisa que seja. Era difícil porque seu ateliê estava alugado e o jovem que estava morando lá tinha feito um contrato de oito anos, e apenas cinco tinham se passado, ele ainda tinha mais três anos. Mas você não pode ligar para ele e conversar?, eu disse. E no fim das contas você ligou, e com certeza porque você sempre foi gentil e alugou para ele pelo preço mais barato possível, já que também existem regras para determinar valores mínimos e máximos, ele foi te encontrar, e uns dois meses depois ele te ligou e disse que tinha encontrado outro lugar, ele podia se mudar. A partir de então você começou a ir para o ateliê todos os sábados e domingos, e em alguns dias da semana você ficava lá por umas duas horas antes do almoço ou de tarde, quando não tinha nenhuma reunião na editora.

Eu estava muito animada para ver seus quadros, achava que eles poderiam me mostrar lugares dentro de você aos quais eu não teria acesso de outra forma. Lugares que eu acreditava existir, que deviam existir, como os que me fizeram me apaixonar por você, os seus olhos, a promessa que havia neles de uma grande paisagem interior que eu talvez pudesse explorar ao seu lado.

Quem é você?

Será que você parou de pintar por que deixou de acreditar? Será que você deixou de acreditar em si mesmo, no valor daquilo, na sua contribuição e no que você fazia, na pessoa que você era, na importância daquilo e na ideia de que a pintura era suficiente para dedicar sua vida a ela? Mas deixar de pintar é também deixar de enxergar. É parar de olhar para dentro de si.

As primeiras pinturas que você fez eram de animais. Quatro quadros grandes com um leão, e um retrato de um coelho. Além dos personagens principais, você também se dedicou aos detalhes, foi o começo do seu interesse pela ornamentação, o que foi ficando cada vez mais claro com o tempo, é como Bonnard trabalha, com a luz, por exemplo, a luz nos azulejos do banheiro em uma cena que ele pinta de uma mulher na banheira tem significado por si só. Fiquei me perguntando onde você estava nos seus quadros. Você era o leão? E o que eram as velas com as pequenas chamas ao fundo? Você estava nas cores fortes delas? Os quadros eram medíocres, até eu podia ver. Você havia parado trinta anos atrás e era como se fosse preciso regredir a um nível inferior ao que você tinha à época para se recuperar e começar de novo. Mas a partir daí foi rápido, você foi progredindo a cada série de pinturas, mas mesmo dando um salto a cada nova série, acho que você se desenvolveu mais na técnica do que na expressão dos quadros. Tecnicamente você é bom. Mas para que servem suas pinturas se elas não conseguem capturar algo *além* do próprio tema? Os quadros que sinto estarem mais em contato com alguma emoção são os da série de autorretratos. Finalmente eu pude ver você. Você pintou cinco ao todo, e em cada um deles foi colocado um pequeno quadro extra, uma espécie de anexo, uma sombra de alguma coisa que estava dentro do quadro principal, ou talvez um comentário sobre ele. Dessa forma é possível olhar o quadro grande e pensar: o que aconteceria se o pequeno não existisse? E se o grande fosse o único exibido, dito ou visto? Como seria? Porque cada um dos retratos pequenos opera algo de diferente em relação ao grande a que pertence, eles têm uma outra qualidade, e criam um deslocamento, uma abertura para algo além, alguma coisa de diferente, um efeito que extrapola as possibilidades dos quadros grandes.

Convenci você a trazer um deles para casa, o meu preferido, que agora está pendurado no hall de entrada. É o seu rosto, pintado com pinceladas grossas, e é como se você não estivesse ali, como se a figura que é você estivesse completamente perdida, com uma expressão de desespero em azul e verde, há ainda a sombra escura de um pássaro no fundo. No pequeno quadro preso à moldura grande no canto superior direito tudo se transforma. A tela é rosa, há algo que se ilumina e lá, lá voa o pássaro.

Faz muito tempo desde que você esteve no ateliê pela última vez. O apartamento fica no quarto andar, não tem elevador e as escadas te deixam tonto. São vinte minutos de caminhada até lá. Você não tem forças. Quando finalmente tem um pouco de energia você vai para a editora.

Nós não falamos sobre isso, mas eu acho que esse também é um motivo pelo qual você não vai mais ao ateliê. Já que para criar, você precisa sentir. Estar perto. Extrair o calor da criação, como escreve Trotzig, usá-lo, introjetá-lo. Não necessariamente como um motivo, mas a força contida no ato criativo é a força que pulsa dentro de você e, não importa o que aconteça, é essa potência que permanece na obra, para ser vista e sentida.

E se você não quer encarar o fato de que vai morrer? Se você não quer saber? Mas em algum lugar você com certeza sabe. Você deve estar gastando muita energia para não pensar nisso. Como você vai conseguir pintar, então?

Desde que eu te conheci, quando te vi de paletó e calça claros, seus cabelos brancos meio compridos, quando você entrou no hotel com o grupo de editores estrangeiros e entre todas aquelas pessoas você se destacava, você brilhava, já lá, e no dia seguinte quando falei com você, quando você saiu das escadas para fumar e nós falamos sobre Veneza e eu fiquei envergonhada porque adoro Veneza e isso fez você sorrir e dizer que também adora Veneza e a acha uma cidade infinitamente bela, já nesse momento havia alguma coisa em você que me fez pensar no sr. Liljonkvast. O sr. Liljonkvast do livro de Astrid Lindgren, que bate na janela do pequeno Göran, que está doente, e leva Göran com ele, o sr. Liljonkvast, de cartola e sobretudo, ele segura Göran pela mão e os dois saem voando naquela hora da tarde em que está escurecendo, e é assim que Göran conhece a Terra do Crepúsculo para se preparar para morrer. É como se houvesse algo de Liljonkvast em você desde o começo. Às vezes me assusta que possamos saber das coisas tão claramente, ver e pensar as coisas, e o assustador não é que seja assim, porque simplesmente é assim, o assustador é que só depois nós, ou eu, levemos a intuição a sério. Mas talvez também seja porque nós não entendemos o que estamos vendo, não sabemos o que aquilo significa. O que foi que eu vi que me fez pensar no sr. Liljonkvast? Será que já nessa ocasião eu havia visto que você carregava a proximidade com a morte? Porque existe alguma coisa em você que é de certa forma atemporal. Como se você fosse realmente um homem velho, um tanto antiquado e empoeirado, mas eu sempre gostei disso. E ao mesmo tempo você não é assim, você é apenas oito anos mais velho do que eu, e é muito mais desenvolto com os aplicativos do telefone e enquanto eu mal consigo me alongar você tem um corpo elástico como o de um iogue, por exemplo. Mas essa foi uma das impressões que eu tive de você, e que carreguei o tempo todo. O sr. Liljonkvast no seu corpo. Talvez então eu seja o Göran e você vai me ensinar que a morte existe. Eu, que lutei tanto para achar um jeito de estar presente na vida, para viver e sentir, eu, que sempre achei que havia algo de bobo na conversa sobre o medo e a consciência da morte. Como podem as pessoas vivas se prenderem a isso? Sempre batalhei para poder sentir meu coração dentro do peito, sentir que lá havia alguma coisa em movimento e não aço e pedra. A morte viria no tempo dela. E então você chegou.

Olho pela janela na direção do quintal, é realmente possível ver a torre superior do Duomo atrás da cúpula de San Lorenzo. Confiro o celular, há uma mensagem sua, você está na editora, é sexta-feira, 9 de janeiro, às 15h45 você pergunta se chegou seu remédio na farmácia e diz que ainda não conseguiu falar com ninguém do hospital. Merda. Esqueci de passar na farmácia quando estava na rua uma e meia da tarde, de manhã nós tínhamos combinado que eu passaria lá na hora do almoço para ver se o seu remédio tinha chegado.

Se tinha chegado mais morfina, era isso que você queria saber, você toma fentanil 200 miligramas nas crises de dor, além dos adesivos de morfina no ombro, que liberam 150 miligramas por hora e que nós trocamos a cada 72 horas.

Ontem você não foi para o escritório e ficou em casa, você estava com muita dor e eu fui até a farmácia de manhã para você e lá eles disseram que estavam sem nenhuma previsão de receber o medicamento. De tarde, quando terminei de escrever, você se vestiu e nós fomos juntos para a médica clínica, o consultório dela fica ao lado do parque Solaris e fomos lá enquanto o sol se punha e o céu estava rosa e laranja, como costuma ficar agora durante o inverno. Esperamos diante da porta, no corredor estreito, porque escutamos que havia outra pessoa lá dentro, você tinha ligado de manhã e só precisava pegar uma receita, você se sentou numa cadeira, eu fiquei andando e olhando ao redor, li todo o texto de um cartaz que anunciava uma nova oferta de atendimento psicológico, três horas gratuitas, dizia um trecho grifado de azul. Se só isso bastasse, eu pensei, e então você foi chamado e entrou para pegar a receita dos comprimidos que a farmácia já havia te adiantado, e eu ouvi pela porta entreaberta que ela te perguntou Como você está? e você disse No momento, não muito bem, mas ela discordou, Eu acho que você parece estar bem melhor, ela disse e você agradeceu pela receita e disse Até breve e veio me encontrar. A sua cabecinha debaixo do chapéu de feltro e os seus olhos, grandes e cinzas no seu rosto meio pálido, inchados de cortisona.

Quando saímos da médica você quis um chocolate quente, então fomos até a Pasticceria Clivati, na Viale Coni Zugna, e você pediu um chocolate com creme e uma xícara de café para mim e ficou parado na frente do balcão de costas para mim com sua jaqueta azul-escura da North Face que você me contou ter comprado muitos anos atrás para uma viagem a trabalho, uma visita a uma editora no norte da China, onde faria 35 graus negativos. O capuz pendia para trás sobre as suas costas, você estava de chapéu e parecia um menininho diante do balcão alto de mármore, assim que o chocolate chegou você afundou a colher no creme e já começou a comer, como se o mundo ao redor tivesse desaparecido.

De lá, passamos na farmácia de novo, apenas jovens farmacêuticos trabalham lá, eles usam cachecóis e jaquetas térmicas sobre os jalecos porque a porta automática não fecha, todos eles são do Sul, da Sicília ou de Nápoles, você diz que dá para identificar pelo sotaque, mas eu não percebo, eles são gentis e fazem tudo o que podem para te ajudar e quando nos aproximamos da entrada de braços dados senti em você uma tensão, uma pontada tensa e minúscula de esperança, mas quando chegamos ao balcão de vidro vimos que ainda não havia morfina e você murchou, você olhou para mim, por um momento o seu rosto ficou completamente desolado e indefeso, você deu a eles a receita da médica pelo remédio que você já tinha recebido antes e então nós fomos para casa.

Quando voltamos, você vai se deitar, e então escuto você correndo para o banheiro, o chocolate quente parece não ter feito bem, depois, você volta para a cama. Você geme. Está sentindo muita dor. Eu vou até a porta do quarto e digo que você precisa ligar para o hospital. É fim de tarde, em breve será noite e você não pode ficar assim. Quando a médica clínica não tem como te ajudar, quando a farmácia não tem o remédio, é o hospital que precisa te socorrer. Você precisa de ajuda, eu digo. E então você liga para o hospital, primeiro para a médica que é responsável por você, são sete e pouco e já está escuro, mas eles ainda estão lá, ela responde, a médica com os cabelos longos tingidos de henna e óculos tartaruga, a que ceceia um pouco quando fala, às vezes ela usa calças jeans com franjas e bordados florais sob o casaco aberto e sapatos roxos ou rosa, ela parece uma menininha que gostaria de estar em outro lugar, é o que penso toda vez que ela entra no quarto quando acaba a quimioterapia e você já pode ir embora e eu estou deitada lendo no sofá azul ao lado. É como se ela não tivesse tempo para ficar no quarto conosco, como se a única coisa que ela pudesse fazer fosse deixar o formulário de alta hospitalar com o seu histórico médico lá, para então ir embora, para longe, o mais rápido possível. Arrivederci, ela disse e já tinha se virado quando eu falei – isso foi da última vez que estivemos lá, no meio de dezembro, você tem ido a cada duas semanas – Com licença, eu só queria saber como o tratamento está progredindo, o que dizem os exames? Ela sabe que eu estou falando dos marcadores tumorais, o CA 19-9, e responde de forma meio vaga que sim, subiram um pouco, mas é impossível saber por quê, pode ser alguma infecção ou outra coisa, não precisamos nos preocupar com isso antes da próxima ressonância, ela diz com um sorriso breve e se vai novamente. A próxima ressonância é segunda-feira.

Quando viemos para casa do hospital nesse dia, em meados de dezembro, encontrei o formulário de alta hospitalar na escrivaninha do nosso quarto e o li pela primeira vez, lá estava todo o seu histórico, tudo, por que eu não havia feito isso antes?

Agora, tudo o que a médica do cabelo tingido de henna pode te dizer é que você deve ligar para o médico especialista em dor, você diz obrigado e boa noite e então liga para o especialista em dor, mas então descobrimos que o horário de funcionamento daquele setor é das nove às quatro, não tem ninguém para atender o telefone à noite. Você está sentindo muita dor. Não podemos colocar mais adesivos?, eu digo. Tudo o que resta é uma pequena pilha de adesivos. E então colocamos os adesivos, dois de cinquenta, um de cada vez, e depois de passar o dia todo deitado com dores, você finalmente adormece.

Isso foi ontem.

De manhã, colocamos mais cem miligramas, agora você está com trezentos e cinquenta miligramas de morfina por hora atravessando sua pele, e então, depois de uma noite em que você ficou deitado ou se contorcendo na cama, você se levanta mesmo assim, como se a sua força de vontade fosse outro corpo que emerge dentro do seu corpo, você se põe de pé e, surpreendentemente, vai para o escritório.

O que consta no seu histórico médico é que desde o final de outubro os marcadores dobraram a cada novo exame. Lendo em retrospecto, vejo que antes não estava assim, no ano em que você fez a quimio, depois da cirurgia, os valores oscilaram um pouco para cima e para baixo, mas não passaram de quatro mil. No final de novembro, estavam em cinco mil e alguma coisa. Em meados de dezembro estavam acima de dez. Eles fazem o exame a cada duas sessões, mas eles não fizeram no dia 30 de dezembro, não consta o CA 19-9 no prontuário nessa data. No entanto, a dor fica mais forte a cada dia, a cada noite, e agora você está com esse inchaço. Hoje é sexta-feira à noite. Faltam três dias para a segunda, quando você fará o novo exame.

Depois da consulta com a médica clínica, a caminho da confeitaria Clivati, passamos por um pet shop e resolvemos entrar, lá dentro vemos aquários enormes onde nadam peixinhos vermelhos e amarelos, como são rápidos, quanto movimento eles têm, como se movimentam com facilidade, quanta vida há neles! Queremos comprar ração para passarinho para colocarmos no terraço. Vamos até o caixa, que fica no fundo da lojinha, há outra cliente lá, uma mulher com dois poodles brancos, um deles late para você, eu me afasto, mas você não se assusta, você sorri e se agacha, tenta fazer carinho nele, então vemos que há outro cachorro atrás do balcão, um labrador preto que vem abanando o rabo em nossa direção e você faz carinho nele também, o abraça e conversa com ele, a moça da loja e a dona dos cachorros falam sem parar como se nós não estivéssemos ali, você parece tão feliz brincando com os cachorros no chão que eu não quero interromper, aproveito que agora já falo italiano o suficiente e digo que gostaríamos de comprar ração de passarinho, a moça da loja então grita pela mãe dela, que está conversando com alguém na sala atrás do balcão, de onde veio o labrador, vejo dois outros cachorros dormindo em uma almofada no canto, quando a mãe chega, você se levanta, Obrigado, você me diz, me distraí completamente, a mãe pergunta quanto de ração queremos levar, você diz que normalmente eles comem tudo de uma vez, então levamos dez bolinhos. Colocamos a ração em uma sacola, você se despede dos cachorros e então vamos para a confeitaria.

De manhã deixei dois bolinhos de ração no prato que você improvisou para os passarinhos, o pires de uma jarra vazia de terracota, você virou a jarra de cabeça para baixo e colocou o pires em cima. Você usou uma pedra que encontrou na rua enquanto passeávamos para fazer peso no pires, colocou-a no centro e em volta espalhou sementes de girassol e de gergelim. É sobre isso que falamos de manhã, sentados de pijama no sofá com nossos pedaços de panetone, eu com meu café e você com seu chá, já que você não toma mais café, apenas chá. Olhamos os pássaros no terraço, você conhece todas as espécies, sabe o nome de cada uma delas e os diz para mim em italiano. Assim podemos olhar para fora, para os pássaros, em vez de olharmos um para o outro, e conversar sobre eles em vez de encarar o que sentimos sobre nós dois e não falamos.

Hoje é sábado, 10 de janeiro, são 14h44 e eu me sentei para escrever, tenho feito isso todo dia agora, seguindo a mesma rotina, nós acordamos, eu faço café e chá, tomamos o café da manhã no sofá, então você vai se deitar de novo e eu leio um pouco e depois vou malhar, tenho malhado quase duas horas todos os dias naquela academia pequena que fica na Via Panzeri, logo abaixo de onde moramos. Volto, tomo banho, almoço, se você está em casa, como hoje, comemos juntos. Então você vai se deitar de novo no quarto e eu me deito no chão da sala com as pernas esticadas para cima encostadas no sofá por quarenta minutos, fico deitada assim ouvindo uma espécie de música numa almofada sonora terapêutica que encomendei dos Estados Unidos, eu escolho a música no celular, no app da almofada, metade das faixas disponíveis são feitas para pessoas com autismo, e há outras dez músicas para relaxar pensadas para todos os tipos de pessoas. Eu fico ali deitada sabendo que vou escrever. Penso sobre a escrita, mas, principalmente, presto atenção ao meu corpo, sinto o que está acontecendo, noto como as costas se alongam sobre o chão, como minha boca se abre e o queixo relaxa.

Quando você me mandou a mensagem ontem perguntando se tinha chegado seu remédio na farmácia eu estava escrevendo. Desviei o olhar do texto por um instante e conferi o celular, mesmo sabendo que essa não era uma decisão muito sábia, porque lá certamente teria algo para me desconcentrar, e ontem foi assim com a sua mensagem, que me lembrou que eu tinha esquecido de ir à farmácia. Eu não queria ser o tipo de pessoa que esquece de ir à farmácia para você, e como eu já tinha me distraído com o celular de qualquer jeito, não me custava nada descer as escadas e ir até lá perguntar se o remédio havia chegado, eu já não ia mais conseguir escrever nada mesmo enquanto não resolvesse isso, e não adiantava ligar porque eles não saberiam que era eu se não me vissem, e o remédio que nós pedimos está catalogado como entorpecente com uma enorme tarja no rótulo, e, como disse o anestesista que mora no apartamento de baixo do meu em Oslo aquela vez em agosto quando estávamos lá e você não havia levado remédio suficiente, ou não conseguiu se segurar e tomou tudo o que tinha, o que é compreensível, eu te entendo, então liguei para o vizinho médico e perguntei se ele podia nos ajudar, a você, no caso, e nos dar uma receita, ele respondeu dizendo que não era tão simples, havia todo um procedimento a seguir, um protocolo especial que o impedia de ter acesso ao que você precisava em poucos dias, porque esses remédios, ele disse, valem uma fortuna no mercado negro. Ainda havia luz lá fora, fazia sol, ia ser bom dar uma volta, eu pensei e fui pela Viale Papiniano em direção à Corso Genova, onde fica a farmácia, um pouco mais à direita, a apenas cinco minutos de casa.

E agora eles já nos conhecem lá, tanto a mim quanto a você, e, quando chegou a minha vez, a atendente procurou imediatamente pelo remédio no computador, eles sempre têm um pedido de fentanil no seu nome, então, se a central tivesse em estoque, já estaria a caminho, era o que você esperava que eu dissesse, mas ainda não havia chegado. Quatrocentos miligramas, ela diz olhando para a tela, só temos na central duas caixas de quatrocentos, mas ele pode partir os comprimidos na metade, ela diz e olha para mim, sua receita é de duzentos miligramas. Sim, eu digo, tá ótimo, tá bom demais, já são quase quatro horas, está tarde demais para pedir para hoje, ela diz, mas chega amanhã cedo. Que horas, eu pergunto, oito e meia, ela diz sorrindo, nós duas estamos aliviadas, digo obrigada mais uma vez e obrigada e até logo e então saio novamente, pego o celular e te ligo. Você fica muito feliz. Mais rápido do que eles conseguiriam no hospital, você diz, finalmente eles haviam te respondido. Te amo, você diz, mais do que tudo no mundo. Também te amo, eu digo, te vejo daqui a pouco e então dizemos tchau e desligamos e eu subo as escadas até o sétimo andar, entro no escritório e continuo a trabalhar no que havia escrito ontem.

Hoje escrevo isto. É sábado.

Pela manhã, depois do café, você se arrumou e foi à farmácia, quando voltou eu estava deitada no sofá lendo, os passarinhos descobriram os bolinhos que colocamos lá fora e você disse que eles gostavam de panetone também e colocou um pedaço do que você havia comido no café da manhã, eles ainda estão lá comendo, eu os vejo se movimentando com o canto do olho enquanto leio, você entra pela porta com outro ânimo, está bem mais forte do que esteve no resto da semana, Como foi lá? Pegou as duas caixas?, eu pergunto, Só uma, você responde, e eu me sinto esgotada, você nunca consegue duas caixas, mas você está satisfeito, você está feliz, você segura a caixa em uma das mãos enquanto pendura o casaco e tira os sapatos, Não sou o único em Milão que precisa do remédio, você diz, generoso, porque agora tem uma caixa nova com quatro comprimidos extragrandes diante de você. O primeiro vou tomar inteiro, você diz.

Um pouco depois, quando vou até a porta do quarto para me despedir, estou indo malhar, você está deitado com a cabeça apoiada no travesseiro, os joelhos dobrados e os olhos fechados, você parece muito tranquilo. Tchau, eu sussurro, te vejo mais tarde, e você diz Hum..., com os olhos ainda fechados e levanta a mão num aceno quase imperceptível. Finalmente, eu penso.

Quando eu volto, você está disposto como eu não via há mais de um mês, feliz, desperto, você diz que ajuda até na escrita, o remédio, no romance policial de ficção científica que está escrevendo no celular e não conseguiu avançar em nenhum dia dessa semana, agora você está escrevendo de novo, você está numa conversa demorada no telefone enquanto eu corto o salmão defumado que sobrou do Natal e verduras para fazer uma salada para nós, você está falando com o seu colega de Roma, você tem um encontro com ele lá em duas semanas, você planejou tudo, reservou o hotel pelo telefone deitado na cama e organizou um roteiro para nós dois, primeiro Roma, para a sua reunião de trabalho, e então, no fim de semana, iríamos para Nápoles, que eu sempre quis conhecer mas nunca fomos. Mas cada vez mais eu pensava que a viagem não ia acontecer, na última semana parecia completamente fora de questão que em duas semanas pudéssemos estar em um trem indo juntos para qualquer lugar que fosse. Segunda-feira, depois de amanhã, você faz o exame. Mas com 400 miligramas debaixo da língua e algumas horas de sono você está bem, feliz, radiante, leve e quase curado.

Quem é você?

Você é o homem-morfina ou você é aquele da semana passada que ficou sem o remédio, aquele com dores cada vez mais fortes que foi ficando assustado e fechado? Qual é a verdade? Onde você está? Meu marido querido! Em breve vou te perder, mas tampouco sei onde você está agora.

E quem sou eu?

Ainda não disse nada sobre A. Achei que ele não faria parte deste texto. Achei que este era um texto sobre mim e você e que eu o escreveria até você morrer.

E quando escrevo *até você morrer* começo a chorar e também não sei onde estou. Eu passo os dias sabendo que você vai morrer, mas de alguma forma não sinto isso. É inconcebível que você morra. Eu não sei o que é isso. Como é isso. Eu não sei. Você ainda está aqui e eu posso pensar que você vai morrer, me forçar a me imaginar acordando sem você ao meu lado na cama, pensar enquanto te espero na sala para tomar café da manhã comigo que um dia você não virá mais, um dia você simplesmente não vai mais estar aqui. Posso tentar *lidar* com isso. Mas isso ainda não é real. O que é real é que você ainda está aqui, e, ao mesmo tempo, dentro dessa mesma realidade, logo, logo você vai morrer. Com frequência eu simplesmente não consigo sentir nada.

Passamos por muitas fases da doença, mas quando nos casamos, no verão, você já estava doente fazia um ano, e por muito tempo a única coisa em que pensávamos era nosso casamento, porque esse era o fato com o qual nos relacionávamos, era isso que esperávamos, não a morte. Nosso casamento era o lugar aonde iríamos juntos, só nós dois, mas quando aconteceu não havia mais nada à nossa espera. Havia apenas a sua morte, que você disse que não ia acontecer. E nisso nós não estamos juntos, pelo menos não falamos sobre ela, mas é esse o fato que está diante de nós agora.

Tenho me sentido muito mal. Tenho a impressão de que nunca, nunca mais será possível ser feliz de novo, feliz de um jeito leve, um tipo de felicidade que eu sentia antes, uma felicidade em que o pensamento da morte não existe. Acredito que de agora em diante toda forma de felicidade em mim terá a marca da morte. Talvez tenha sido assim para os outros sempre, apenas eu que era ingênua. Mas eu já fui muito feliz, simplesmente feliz. Feliz de um jeito que parecia que eu já não estava mais neste mundo. E por muito tempo só de te olhar doía, eu não podia olhar para você sem saber que você ia morrer, os seus olhos, tudo em você dizia MORTE para mim. E mesmo que esse sentimento não seja mais tão agudo, ele ainda não passou, agora está mais tranquilo, de certa forma, quase normal, a morte se tornou uma condição presente, as coisas são como são, eu estou aqui com você e em breve você não estará mais aqui.

A. é um homem que eu conheci no México. Tenho viajado bastante a trabalho, para lançamentos, leituras, eventos em bibliotecas, festivais literários e conferências em universidades em diferentes lugares que começaram em meados de setembro e vão terminar em 8 de dezembro. Entre um compromisso e outro eu parava um pouco em Milão sempre que era possível, quando não batia com a quimioterapia e você estava se sentindo bem e tudo o mais, você ia comigo, fomos juntos para a feira do livro de Frankfurt, lá você também fez algumas reuniões, as que você conseguiu ir, pouco antes disso passamos alguns dias em Berlim, eu tive um evento numa livraria, e então nós seguimos de Frankfurt para Düsseldorf e Zurique, onde fiz leituras em centros culturais enquanto você ficou deitado no quarto do hotel descansando, você estava sem forças, você tinha de escolher entre o meu evento ou sair depois, que foi o que preferimos, em Zurique você encontrou a mim e à mulher do centro cultural em frente ao lugar onde estávamos hospedados, lá embaixo tinha um boteco com cozinha que funcionava até tarde e comemos salsicha branca com chucrute e você até tomou uma cervejinha. Isso foi no final de outubro, ou seja, ainda havia mais viagens a fazer, Ravena, depois a turnê nas bibliotecas do Sul da Noruega, o lançamento de um livro na Inglaterra com eventos em Londres, Norwich e Edimburgo, com pequenos intervalos entre um e outro durante os quais eu pude ficar com você em casa, em Milão, e depois a última viagem antes do Natal, quando tudo ia parar e ficar mais tranquilo por três meses, no começo de dezembro, na feira do livro de Guadalajara, no México.

Eu estou muito cansada com todas essas viagens, muito cansada de ter medo de que você não vai resistir até eu voltar para casa, cada retorno era para conferir se você ainda estava vivo. Quando comecei a entender no decorrer da primavera que as viagens de outono seriam ainda mais intensas, por dois meses e meio, era só nisso em que pensava, em como você ficaria. Essas viagens, afinal, serviriam para alguma coisa? Antigamente eu estaria animada com esse tipo de programação, nunca desanimada, por mais cansativo que fosse, eu encarava como uma aventura. Mas agora havia a morte, você e o tempo. Em todas as viagens eu gastava um tempo precioso que nunca mais teria de volta. O nosso tempo juntos. Mas que tipo de tempo seria esse se eu apenas ficasse em casa sentada assistindo a morte corroer o seu rosto? Você também queria que eu viajasse. Vá, você disse. Eu me viro. E eu fui, e só pensava em voltar. Todo o outono foi como um arco tensionado: será que você ainda estaria por aqui quando tudo acabasse e eu finalmente pudesse voltar para casa?

Na última viagem, faço a mala para o México, uma mala de mão, nunca fui para o México, você já foi duas vezes para a mesma feira do livro e consideramos por um bom tempo que você deveria ir dessa vez, devíamos aproveitar a oportunidade porque seria meu último compromisso de trabalho e teríamos tempo depois, poderíamos conhecer um pouco mais a Cidade do México ou talvez o litoral, mando alguns e-mails e dou uma pesquisada, mas sem muita fé de que vá acontecer, você está cada vez mais fraco mas parece que você não percebe, você quer muito estar bem para ficar comigo, viver comigo, viver a vida que nós dois amamos tanto. Em janeiro do ano passado eu estive em uma feira literária em Jaipur e também era para você estar lá, foi você que me incentivou a participar, depois de termos acabado de ir para a Índia juntos, em Calcutá, Varanasi e Mumbai, nós voltaríamos para casa e se eu fosse convidada iríamos para a feira juntos, você como editor e eu com os meus livros, e quando fui convidada você também comprou sua passagem, você queria muito ir, mas a feira era apenas três meses depois da cirurgia e seu estômago ainda estava ruim, se recuperando de todas as remoções, cortes e pontos, e ainda tinha a quimioterapia, com a qual você não estava acostumado e te deixava completamente apavorado, e você acabou não viajando. Quando eu estava me preparando para ir para o Festival do Livro de Bay Area, em Berkeley, dali a cinco meses, em maio, aquele organizador simpático do festival fez as reservas e comprou passagens para nós dois irmos juntos, nessa você iria, mas quando o dia da viagem se aproximou você estava muito fraco de novo, e também dessa vez lá fui eu sozinha no avião, vendo filmes e bebendo gim-tônica, quando cheguei te mandei fotos do quarto, o quarto que seria nosso, depois nos falamos por telefone, todas as noites eu comprava comida no takeaway do Chipotle, o bar do outro lado da rua, eu me sentava de frente para o amplo peitoril da janela americana do quarto e comia observando o trânsito, com a diferença do fuso horário, você devia estar deitado na nossa cama dormindo àquela hora, eu pensava no seu corpo em casa sobre a cama em Milão, e o tempo todo, em tudo o que eu pensava, estava o fato de que você morreria.

No e-mail do organizador do México ele disse que os dias seriam quentes, mas, no ar-condicionado e de noite, esfriava, então levo um vestido preto sem mangas que dá para usar por baixo de um suéter preto de lã, um blazer, meia-calça, uma muda de calcinhas para todos os dias, tênis de corrida e roupas para fazer exercício. Tudo cabe na bagagem de mão, então não preciso esperar pela mala quando eu voltar para Malpensa, você diz que vem me encontrar como sempre fazia quando não estava doente e eu viajava, você pegava o trem para o aeroporto porque não tinha habilitação, você não queria me esperar em casa e por isso, sempre que podia, vinha antes, você dizia, e é isso que você quer fazer agora, e então, se eu estiver apenas com a bagagem de mão, tudo o que eu preciso fazer é saltar do avião, atravessar correndo o saguão, passar direto pela restituição de bagagem, para então, finalmente, estar só em casa com você, você, você.

Faço escala em Madri, é noite, bebo uma garrafa inteira de prosecco morno que comprei no aeroporto de Milão, estou sentada de frente para uma janela, observando o movimento dos aviões na escuridão da pista e falando com você pelo telefone, você está de pijama indo para a cama, meu voo sai às onze e trinta, me acomodo na minha poltrona, bebo tudo o que é servido com a comida e então durmo, foi para isso que bebi o quanto pude, o que eu quero é beber para sumir. É um pouco mais de três e meia da manhã quando aterrissamos na Cidade do México, em casa metade da manhã já se foi, o próximo voo sai um pouco depois das sete, depois disso, em uma horinha chego em Guadalajara.

Quando eu escrevo isto é domingo, dia 12 de janeiro, amanhã você vai para o hospital e eu vou te acompanhar, vamos acordar com os despertadores dos nossos celulares, o seu tem uma melodia clássica, de noite, quando eu acabar de escrever, vou fazer uma malinha para você e outra para mim, e amanhã vou pernoitar na casa de uma amiga que mora perto do hospital. Me pergunto como será o final, se você vai passar as últimas horas internado ou se vai acontecer de repente, se você for internado eu vou dormir no hospital ao lado da sua cama como fiz nas duas semanas em que você foi operado. Preciso ver se vai chover, acho que não, agora faz sol, tem sido um inverno ensolarado, o que não é comum, num inverno típico em Milão tem muita chuva e neblina, agora tem feito sol e dias limpos um atrás do outro, estamos com sorte. De qualquer forma preciso ver se vai chover porque pendurei suas roupas para secar do lado de fora, elas devem estar prontas, portanto, quando a Rosa vier amanhã enquanto estivermos no hospital, a Rosinha, do Peru, que vem segunda e sexta e lava e passa todas as nossas roupas, ela fica na cozinha, ouvindo música na rádio peruana, ou falando com os filhos pelo telefone, em espanhol, ela fica ali depois de limpar a casa e de passar as suas cuecas, suas calças com pregas e suas camisas, ela passa até minhas meias, calcinhas, nossas toalhas e lençóis, e todos os dias, depois do banho, você tem uma camisa limpa e recém-passada.

Caminho pela casa anestesiada, não sinto quase nada, porém muitas coisas aqui são importantes para mim, as pequenas coisas. Como as roupas, lavar as roupas quando o tempo está bom para poder pendurá-las no varal do lado de fora da varanda da cozinha. Ainda não temos uma secadora, como planejamos, do lado de dentro. Gosto de ver suas roupas penduradas no varal do lado de fora, gosto de pendurá-las, tocá-las, sacudi-las, colocar o prendedor nelas. Me certifico de que tenha iogurte na geladeira para você, e chinotto, um tipo de refrigerante que você tem gostado de beber, lembro de colocar o copo d'água ao lado do chá de manhã, para que tenha água para você tomar o antiácido. Cuido para que tenhamos sempre arroz de risoto e parmesão para eu poder fazer *riso in bianco* para você quando não tem mais nada que você possa comer. Quero fazer tudo o que posso para você. Mas quando escrevo aqui, parece muito pouco. Será que não tem mais nada? Não tem mais nada que eu possa fazer por você?

É um pouco depois de três e meia, você está dormindo de novo, de vez em quando você ronca, dá para escutar do escritório, você conseguiu partir o comprimido de quatrocentos miligramas ao meio, então hoje você tomou duzentos miligramas depois do café da manhã e a outra metade acho que você deve ter tomado agora, porque o seu sono parece muito bom, profundo e revigorante.

Às 8h40 do dia 2 de dezembro o avião aterrissa em Guadalajara, é segunda-feira de manhã, tenho quatro noites no hotel antes de pegar o voo de volta na sexta-feira dia 6 e chegar em Milão na tarde de sábado 7. Fico retida por um tempo na imigração, confundi os números dos voos e preciso preencher um novo formulário, finalmente saio e vou até o desembarque esperar pelo guia que a feira havia designado para me acompanhar nos quatro dias que eu estaria lá. Não vejo o guia. Há vários deles segurando placas com nomes, mas nenhuma delas traz o meu. Por um instante penso que ninguém veio, o que faço agora?, mas então vejo meu nome escrito a caneta em uma pasta bege segurada por um homem bem lá no fundo, e então o homem também me vê e eu sorrio, levanto o braço e aceno e ele sorri de volta.

É bem naquela hora. É no momento em que eu olho nos olhos do homem que segura o fichário bege e vou ao encontro dele que acontece. O que acontece? Não sei. Mas não seria certo dizer que é algo que se abre, porque já estava aberto lá, desde o início. O que estava aberto? Não sei! Algo bem lá no fundo, nele e em mim. Mas não é o que penso naquele instante, quando vou ao encontro dele, eu pertenço a você e essa é a última viagem e depois volto para você de novo, não estou preparada para esse tipo de abertura. Acontece muito rápido. Alguns passos adiante. E ao mesmo tempo muito devagar. Chega quase a doer. Os olhos dele, a expressão do olhar, rico e vulnerável, há uma força nele que atravessa o meu corpo e ecoa no meu ventre.

Todo mundo sorri no México. Tenho a sensação de ter pousado em um país onde todo mundo é caloroso. Vindo de um lugar como Milão, onde todo dia quando eu saio, descendo as escadas, me preparo para a falta de bondade que há lá fora. Em Milão as coisas são diferentes. Não é como os noruegueses apaixonados pela Itália pensam, o lugar-comum da *dolce vita*. Simplesmente não é assim. É difícil viver em Milão, muito difícil, não sei por que é assim, ainda não entendi por quê, para darem conta da vida, as pessoas precisam ser tão fechadas e taciturnas. Para eles, não demonstrar emoções é uma questão de educação, de dignidade. No hospital eles são assim também, os médicos não sorriem, nem os enfermeiros, nem aqueles que vêm medir a pressão, nem os faxineiros, só o rapaz que vem com o carrinho de comida sorri, e ele não é italiano, é egípcio. Mas no México as pessoas sorriem, é como se eu tivesse voltado para Finnmark, onde, se eu sorrio, recebo um sorriso de volta, e já na espera da conexão na Cidade do México, sentada no lounge com minha mala e o travesseiro azul-turquesa de viagem preso ao pescoço, com uma aparência não das melhores, as pessoas sorriram para mim, sem nenhuma razão para sorrir, elas simplesmente sorriem.

A. é o meu guia. Ele pega minha mala e eu o sigo para onde o carro está estacionado, nós nos sentamos e ele parte em direção à feira do livro e ao hotel. E só de sentar no carro ao lado dele... nós conversamos enquanto ele dirige e é como se eu precisasse buscar as palavras em um lugar muito distante, como se meus pensamentos estivessem soltos no ar em algum lugar que desconheço e sinto que não tenho nada a dizer e o inglês dele está cheio de sons da outra língua, apenas estar sentada ao lado dele é uma experiência densa e cheia de potência. Alta tensão. Energia.

De onde isso vem? O que é essa força?

Meu quarto não está pronto, ainda é cedo, A. sugere irmos para a feira, é logo ao lado, assim eu posso conhecer melhor o lugar e me apresentar às pessoas. Eu não quero dar trabalho, estou acostumada a me virar em situações como essa mas ele insiste, é meu guia, é o trabalho dele cuidar de mim, aquela energia, então vamos até a feira e encontramos o estande da minha editora mexicana, lá também sorriem, encontro pessoas com quem já troquei e-mails mas nunca tinha encontrado pessoalmente, elas me abraçam, A. está ao meu lado o tempo todo, ou um pouco atrás esperando, ele me deixa muito feliz, no lounge dos escritores há palmeiras verdes e um barzinho, os atendentes sorriem e oferecem café, tequila, fruta e biscoitos, eu e A. pedimos água e tiram uma foto minha em um sofá rosa com uma parede azul atrás enquanto A. assiste sentado em um sofá do outro lado, ele é guia da feira porque é professor da universidade e fala inglês, a feira é um evento organizado pela universidade, ele me diz, eu não sabia disso, ele não é acadêmico, é empresário e dá aulas duas vezes por semana de logística e administração.

O que você quer fazer agora, A. me pergunta depois, ainda faltam algumas horas até o quarto ficar pronto, Você com certeza tem outras coisas para fazer, eu respondo, eu me viro, e ele me diz que a única coisa que tem para fazer é uma ligação de trabalho ao meio-dia, tirando isso, estou livre, meu trabalho agora é estar aqui com você, ele diz.

Caminhamos lado a lado pela rua do hotel em direção ao que A. diz se chamar Plaza del Sol, eu disse que gostaria que ele me mostrasse um lugar tipicamente mexicano perto do hotel para comer, o hotel fica ao lado da feira, que fica longe do centro, o dia esquentou, carros passam bem ao nosso lado, há palmeiras e poeira no ar, na calçada esburacada indígenas vendem pulseiras e brincos retorcidos de cores vivas, vejo as pernas dele, ele veste um terno azul-escuro e sapatos pretos macios, a ponta do pé esquerdo dele joga um pouco para dentro quando ele anda e isso me enche de ternura, mas sei que não preciso ter medo, porque ao me olhar no espelho quando fui finalmente escovar os dentes no banheiro da feira do livro e ele me esperava do lado de fora eu vi que a maquiagem dos meus olhos está gasta e uma sobrancelha está meio borrada, a maquiagem está na mala, no hotel, mas digo para mim mesma que não tem problema, sou eu, não preciso estar bonita para A., tenho meu marido me esperando em casa em Milão.

Já passa das cinco horas, é domingo de noite, a noite antes do hospital, está quase escuro lá fora, você acordou, te ouço no banheiro, me levanto e abro a porta do escritório que dá para o corredor, você está saindo do banheiro, segurando as calças do pijama com uma das mãos, suas roupas ficaram grandes demais, a cicatriz ao longo do peito e a pele pendurada em seus braços finos, amada, você me diz, *amore*, como você sempre escreve, e eu sinto a ternura na sua voz, vou com você para o quarto, você se veste, eu observo enquanto você abotoa a camisa xadrez, você vai encontrar o seu filho e a namorada dele em um dos cafés que tem chocolate quente bom de verdade, a essa altura você já provou todos os chocolates quentes em todos os lugares possíveis, você quer saber se eu vou junto, mas digo que prefiro fazer uma xícara de chá e continuar a escrever e vejo em seus olhos que você está orgulhoso de mim, você beija o meu nariz e diz que gosta do meu suéter, você se empolga, diz que ele é elegante, que naquele suéter azul-claro de gola alta eu pareço uma intelectual nórdica. Vou com você até o hall de entrada, você veste o paletó de lã e por cima a jaqueta da North Face, depois coloca o chapéu na cabeça, agora você está com ainda menos cabelo, Estou satisfeito com a forma que estou administrando meus comprimidos, você diz, os quatrocentos miligramas que você está tomando desde ontem, você diz que ainda tem mais um, e eu que pensei que você já tinha tomado tudo, eu digo, acariciando seu rosto com o dedo, seus olhos brilham atrás dos óculos, você está muito satisfeito, muito magro e feliz, você sai pela porta e aperta o botão, esperamos o elevador chegar, e quando você entra, antes que a porta feche, dizemos um para o outro, te amo.

A Plaza del Sol é o primeiro centro comercial de Guadalajara, tem cinquenta anos, diz A., nós também, os dois temos cinquenta, enquanto caminhamos A. me conta que leu *Amor*, que é como *Kjærlighet* se chama em espanhol, é o livro que estou lá para lançar, primeiro ele leu em inglês, mas não entendeu tudo, então leu a versão em espanhol. Ele disse que se identificou com Jon, o menino do romance, ele também foi abandonado pela mãe quando tinha nove anos. A ação e a paisagem exterior do livro são, sim, muito diferentes, diz A., mas a frieza da paisagem interior ele conhece. No dia seguinte uso isso em todas as entrevistas, a paisagem interior. Não porque eu não saiba o que dizer, mas porque dizer isso é uma forma de inserir A. na minha fala sem que ninguém saiba, nem mesmo eu, só penso nisso pela primeira vez agora, aqui, escrevendo em Milão nesse domingo de janeiro, percebo que desde o momento em que conheci A. só queria estar perto dele, estar onde ele estava.

E isso é tudo o que consegui escrever antes de você voltar, eu escuto as chaves na porta e então você grita *Ciao amore*, são quase seis e meia da tarde, olho por cima do computador pela janela, está totalmente escuro lá fora, mas vejo a cúpula de San Lorenzo e a torre do Duomo porque estão iluminados. Você vem até mim porque deixei a porta do escritório aberta, você traz um panetone pequeno, presente dos pais da namorada do seu filho, e Um presente para a escritora, você diz, me entregando uma caixinha comprida que parece ter vindo de uma joalheria, mas é da confeitaria onde estivemos dias atrás, foi lá que vocês foram, é lá que eles fazem esses macarons franceses que agora você comprou para mim, quando fomos lá juntos queríamos provar vários sabores que estavam em falta, então eu me levanto e saio do escritório com meu presente e o panetone porque quero te afastar do computador, não quero que você veja o que está na tela, não falei sobre A. para você. Abro a caixa na cozinha, você trouxe um folder com fotos dos macarons, descobrimos qual o sabor de cada um, mas não estamos com vontade de comê-los agora então os guardo na geladeira. Você diz que vai tomar o último comprimido e eu digo que vou me sentar para escrever mais um pouco. Você não acha que um beijo pode ajudar, você diz, com a escrita?, Pode, eu digo, e então nos beijamos na boca e eu te abraço, te aperto contra o meu corpo, envolvo toda a sua estrutura frágil e então te solto e você vai para o quarto e eu entro no escritório e fecho a porta.

A Plaza del Sol era um conjunto de lojas e cafés com área externa onde havia bancos para sentar e uma fontezinha, que devia ser a praça do sol em si, pensei. Vi uma padaria francesa e um restaurante que servia espaguete e pizza, A. teve de pedir informação e procurar um pouco ao redor antes de encontrar o que queria me mostrar, um lugar com pequenas janelas e madeira rústica, dentro pude ver garçons vestidos no que pareciam ser trajes folclóricos, as mesas estavam cobertas com toalhas de mesa brancas e as cadeiras eram resistentes e tinham manchas escuras, Aqui, disse A., você encontra comida mexicana de verdade. Já estava quase na hora do telefonema que ele estava esperando, ele queria entrar no restaurante e tomar um café enquanto falava no telefone, eu disse que enquanto isso ia dar uma olhada no supermercado pelo qual havíamos passado na entrada, Preciso de mais ou menos meia hora, disse A. entrando no restaurante. Pensei em você e que era noite em casa, em Milão. Pensei em como A. era bonito, no olhar complexo dele, mas sobretudo na força da presença dele, no corpo dele ao lado do meu, nas coxas dele sob o tecido da calça. Eu já sabia que a pele debaixo do meu queixo havia começado a cair, mas que meu rosto estivesse *tão* abatido depois da viagem foi algo que só notei quando finalmente entrei no quarto do hotel, porém, quando penso naquelas janelinhas do lugar onde A. entrou para fazer o telefonema, o que me lembro mesmo é de dizer para mim mesma, Alô, você simplesmente não é interessante para ele, para ele você é uma velha, *come on*, relaxa. Além do mais, eu não queria saber de ninguém interessado em mim. Eu não queria nada com outro homem. Mas eu não entendia nada da emoção que estava sentindo. Havia uma tensão enorme entre nós dois. Foi muito confuso, eu não sabia o que era tudo aquilo, era muito forte, era tanta alegria, era simplesmente SIM. E pensei em você e fui até o supermercado, encontrei a prateleira dos vinhos e um Rueda, da Espanha, de tampa de rosca, que eu queria comprar para tomar de noite no quarto, mas não comprei nada, eu ia voltar depois, vi uma caixa de granola e pensei nos nossos cafés da manhã, nós estávamos numa fase de granola com frutas vermelhas, e me perguntei o que haveria mudado, antigamente eu sempre tinha vontade de levar tudo de novo que eu via para casa para que você também pudesse conhecer e nós pudéssemos experimentar aquilo juntos, mas não tive essa vontade enquanto caminhava pelas gôndolas do supermercado na Plaza del Sol na segunda-feira dia 2 de dezembro em Guadalajara, não tinha nenhuma vontade de fazer isso e não sabia por quê, a única coisa que eu sabia e entendia era que não tinha nada a ver com A., mas com você e eu.

Segunda-feira, 13 de janeiro, 9h37, estamos no quarto número três do oitavo andar do Instituto Nazionale dei Tumori, na Via Venezian, você está deitado na cama e acabou de colocar trezentos miligramas debaixo da língua, mas logo eles vêm te buscar, precisam te preparar para a ressonância magnética mais tarde, tiram você da cama e do barato que acabou de entrar, nós acordamos às sete horas, antes das oito estávamos no táxi, você dormiu pouco à noite por causa da dor e da ansiedade, seria ótimo para você dormir um pouco agora, em vez disso você tem de pegar os chinelos que eu coloquei numa sacola da Illums Bolighus dentro da sua mala e vestir o roupão que nós também trouxemos, *Ti amo*, você diz, *a dopo*. E então você sai e eu fico sozinha no quarto com o chiado do sistema de ventilação, o computador está em cima da mesa à minha frente, sobre a qual também há uma toalha de mesa branca dobrada, antes de cada refeição eles vêm e a estendem, você recebe um guardanapo de tecido branco, também é oferecida uma tigela com frutas que estava posta quando chegamos, ao lado do dispositivo anal que você usou para tirar uma amostra para um exame que eles ainda não coletaram, ali também estão o seu chapéu e as minhas coisas, guardadas em duas sacolas de tecido, uma da feira do livro de Jaipur, que aconteceu há um ano, e a outra do festival literário de Pordenone, que tem *Vent'anni tra le righe* escrito em amarelo no tecido preto. E então você está de volta, me dá um beijo na bochecha a caminho da cama e olha de relance para a tela do meu computador por apenas um segundo, não quero que você veja o título do arquivo, mas você só passa e logo se deita e fecha os olhos, você está muito cansado, eu confiro o telefone, tem uma mensagem de um amigo nosso, eu havia escrito para ele antes dizendo que havíamos chegado ao hospital e agora ele respondeu, *Sei una donna meravigliosa*, ele escreveu, *il tuo amore è così intenso, concentrato. È bene, per lui, avere te.* E eu penso em A., sobre quem não falei para ninguém, e olho para você deitado na cama, finalmente dormindo, de lado, encolhido como uma criança, com uma mão debaixo do travesseiro na altura da bochecha. Olho para você e lágrimas escorrem pelo meu rosto, mas eu não sinto nada, nenhum pesar, não sinto tristeza alguma, não sinto nada. Será mesmo verdade que meu amor é *intenso* e *concentrato*?

Quando volto para o restaurante, não consigo ver A. pelas janelas, então entro, subitamente amedrontada: cheguei tarde demais? Será que ele já foi?, mas então o vejo numa mesa no fundo do salão, arrumada com aquela toalha branca, ele acena e sorri para mim e eu vou na direção dele, mas me dou conta de que ele ainda fala ao telefone com aqueles fones de ouvido sem fio e sinalizo que vou esperar por ele lá fora. Fico na sombra do lado de fora, encostada na parede, vi que o restaurante tinha wi-fi e lá o sinal ainda era bom, me conecto e mando uma mensagem para você, mando uma foto de onde estou, é um pouco antes das oito para você e eu sei que você tinha combinado de sair com um amigo para jantar, você fez planos para todas as seis noites até eu voltar para casa, na noite anterior, quando eu estava no avião, você foi a um pub de futebol com o seu filho e comeu hambúrguer e assistiu a um jogo mas hoje você vai sair com um amigo que gosta tanto quanto você de restaurantes chiques e agora vocês vão conhecer o novo restaurante que acabou de abrir na Corso Colombo e estou muito feliz de saber que você está feliz, que você vai fazer algo que não vê a hora de fazer e você escreve para mim dizendo que se for tão bom quanto você espera nós vamos lá juntos. Então A. sai do restaurante, ele sorri, está pronto, Foi tudo bem?, eu pergunto, e ele me conta que estava falando com uma nova funcionária da empresa, uma jovem americana que entrou para a empresa imobiliária que ele tem no litoral, eles vendem casas de veraneio e têm como compradores vários americanos, por isso a contrataram, a conversa era para colocá--la a par do trabalho, sim, foi tudo bem, ele parece satisfeito, agora estamos livres, O que vamos fazer?, ele pergunta, estou tão confusa com a tensão que estou sentindo em meu corpo que é como se eu estivesse tremendo, é hora do almoço, mas não quero que almocemos juntos, seria demais, considerando tudo o que está acontecendo entre nós e que eu não entendo, talvez só eu esteja sentindo isso, ele é incrivelmente bonito, com certeza deve ter um exército de jovens mexicanas gostosas a fim dele, alunas, todo tipo de mulher, ele diz mais uma vez que está lá para cuidar de mim, mas fico estressada por não ter nenhum plano e não saber o que fazer, talvez ele só queira ir embora e se ocupar de outra coisa, então digo que talvez o meu quarto já esteja pronto e nós voltamos para o hotel. Enquanto caminhamos, ele me faz algumas perguntas sobre a escrita, falamos sobre as nossas vidas, mas não me lembro o quê, o tempo todo em que estamos juntos a conversa parece um pouco leve demais, como se as palavras apenas pairassem sobre o real, sobre o que realmente importa, e então ficamos em silêncio e o silêncio parece dizer mais, parece ser a forma possível de estarmos juntos de verdade, mesmo que eu não faça ideia do que isso significa, apenas sinto, caminhamos lado a lado em silêncio e sei que estou sorrindo, fico feliz de ver nossas pernas, nossos sapatos subindo e descendo juntos e quando paramos e esperamos pelo sinal vermelho olhamos um para o outro e sorrimos. Meu quarto está pronto e enquanto ele espera o manobrista trazer o carro que ficou estacionado na garagem do hotel eu digo que espero que ele possa ir ao jantar organizado pela editora, quando estávamos no estande da feira do livro eles convidaram A. também, em Milão você me falou várias vezes sobre essa festa, disse que eu tinha de ir, que ia me divertir, a festa acontecia todos os anos na primeira noite, você disse, vai muita gente, eu fui convidada a me juntar ao representante norueguês da NORLA e a minha editora da Espanha, que também vão estar lá, venha conosco, digo a A., vou ficar muito feliz se você vier. É a mais pura verdade, é o que sinto. Mas eu fui convidado?, A. pergunta e eu digo Claro!, no estande, você não lembra?, está mais do que convidado, digo e repito que seria ótimo se ele fosse, e então, finalmente, ele diz Tá bom, meio hesitante, mas quando vê que fico feliz ele diz tá bom, eu vou, mais decididamente, e a partir daí, nas horas que restam desse dia, só consigo pensar no momento em que vou encontrá-lo de novo e essa força estranha que não consigo compreender continua pulsando.

São cinco para a meia-noite, você está dormindo, seus músculos se contraem, isso não acontecia antes, mas agora o seu corpo tem espasmos de noite e não posso mais segurar sua mão como fazíamos antes porque seus dedos começam a bater na palma da minha mão e eu acordo, não me deixe, eu dizia, não arrume outra pessoa, e você sempre dizia, Você está tão junto a mim, nós somos tão próximos que não há espaço para ninguém entre nós. Quando lembro que você dizia isso para mim, sempre te vejo sentado no sofá do nosso antigo apartamento e sei que isso acontece porque foi onde moramos antes de você ficar doente. Ainda morávamos lá quando você ficou doente, e quando nos mudamos você estava mal, e na nossa casa nova, onde escolhemos todas as cores, os ladrilhos do chão do banheiro e da cozinha e também onde colocar as estantes dos livros, ou melhor, eu escolhi, alguns dias antes da sua cirurgia, na loja de material de construção, com o arquiteto da empresa encarregada pela reforma, você foi junto mas estava sentindo tanta dor que passou todo o tempo sentado e aí ficou cansado e depois irritado e então acabei escolhendo tudo sozinha, eu já havia feito isso antes e não era o momento de ficar pensando muito, então simplesmente escolhi as cores que eu gosto, optei por um design básico, e te ignorei quando você veio atrás de mim de repente querendo padrões e coisas diferentes que eu vi que não funcionariam, em outra situação eu te escutaria e nós encontraríamos um meio-termo, mas não era o caso, aquilo só precisava ser feito, era escolher e pronto, porque já naquele momento eu sabia que provavelmente você ia morrer, quando você estava voltando para casa depois de visitar sua amiga que é médica e por quem você esperou voltar de viagem o verão todo para entrar em contato, ela que finalmente entendeu na hora o que havia de errado com você, o pai dela morreu de câncer no pâncreas e o irmão dela é cirurgião e faz cirurgias do tipo que você estava prestes a fazer, depois de você vomitar sangue no começo de setembro ela já estava finalmente de volta e então você foi encontrá-la e ela fez uma tomografia em você imediatamente e no dia seguinte saiu o resultado e por acaso o irmão dela, que mora na Suíça, também estava lá, vocês viram as imagens juntos, por que eu não estava lá com você?, vocês viram o tumor, viram que ele já estava grande e também constataram que você poderia ser operado, nem todo mundo pode, você me ligou enquanto voltava para casa, do metrô, e disse que tinha câncer no pâncreas, eu googlei antes de ir te encontrar na entrada do metrô e a resposta na tela deixava bem claro que poucas pessoas sobrevivem a esse tipo de câncer, fui te encontrar sabendo disso, você estava adiantado então nos encontramos no meio do caminho, na calçada, seu rosto parecia maior, seu casaco estava aberto, você me abraçou, mas nem mesmo ali e nem desde então nós falamos sobre a morte, depois de nos mudarmos para a casa nova eu tive de ir à Ikea muitas vezes, eu pegava o trem de Romolo e depois caminhava na beira da longa estrada em linha reta que passava entre os armazéns, arbustos e cercas até chegar ao bloco azul e amarelo na outra extremidade, tirava fotos dos produtos e mandava para você, que estava em casa, perguntando o que você achava, te ligava e por fim você dizia que confiava em mim, Pode decidir, e então eu comprei lâmpadas para todos os quartos que eu levei para casa naquelas sacolas grandes azuis e as coisas maiores foram entregues por transportadora, e na casa nova você nunca esteve saudável, nunca, na casa em que tanto sonhamos morar juntos você só ficou mais e mais doente.

Você se senta na cama, trouxeram a comida, mas só para mim porque você precisa estar em jejum para fazer os exames, mas de repente a enfermeira entra no quarto e diz que ainda faltam de duas a três horas para te buscarem então você pode comer um pouquinho, você quer um brioche e eu desço até a lanchonete na entrada do hospital e compro um croissant de chocolate, você queria um com geleia, mas esse é o único que tinha, então você se senta e começa a comê-lo enquanto eu como brócolis e abóbora à mesa em que eu normalmente me sento para escrever. Você diz Na verdade eu não estou com fome, estou com muito medo. Eu imagino, eu digo e olho para você, ficamos um pouco em silêncio, Você está com medo de quê?, eu digo e penso na morte, mas você diz que está com medo de ter que passar por outra cirurgia, é nisso que você está pensando, mais uma cirurgia, e então me ocorre que eles não fazem isso, não se opera duas vezes, eu li sobre isso, pode ser que operem para facilitar a passagem da comida caso o tumor cresça e bloqueie o caminho ou para reduzir a pressão sobre os nervos para que haja menos dor, cirurgias que visam aliviar, mas não curam, foi o que li, mas digo apenas que eles não vão te operar mais e então você olha para mim como se tivesse compreendido de repente, Mas o que eles fazem então?, você diz, se eles não fazem outra cirurgia e se a quimioterapia não funciona? *Eles vão simplesmente me deixar morrer?* você pergunta e esse parece ser um pensamento completamente novo, como se algo tivesse sido colocado em movimento, rompido uma barreira e entrado em um campo onde você nunca pisou, um lugar desconhecido para você, e dói demais te ver assim, como se você estivesse caindo de cara e não tivesse onde se segurar, fico com medo de te ver desse jeito, medo de que você fique com medo, deprimido e sem esperança e fico surpresa comigo mesma, afinal, não era eu que sentia falta de que encarássemos a realidade, de que nos olhássemos nos olhos com franqueza, que enfrentássemos juntos as coisas como elas são?, e agora fico com medo só de te ouvir falando a palavra morte, só de você considerar brevemente essa possibilidade, e sinto que preciso te tirar desse lugar o mais rápido possível, não sou nem um pouco durona, e logo depois, quando você parece despertar e dar um salto em direção à esperança e dizer que acha que vai ficar tudo bem, digo que também acho, mesmo não acreditando nisso.

Aquela noite voltaríamos para casa de qualquer jeito, você não precisava dormir no hospital, o plano é que todos os médicos responsáveis por você se reúnam e discutam o que pretendem fazer, a ressonância magnética revelou aquilo que o aumento na dor e o surgimento de mais um nódulo no lado direito do abdômen sugeriam, os efeitos da quimio estão diminuindo, o tecido cancerígeno cresceu e o nódulo é um novo tumor dentro do grande músculo do estômago, no seu formulário de alta não aparece o CA 19-9, eles simplesmente não mediram, não é necessário quando a ressonância mostra o que eles querem ver, debaixo do item "tratamento" consta que agora eles vão considerar terapia experimental, não entendo o que isso quer dizer, talvez signifique que o tratamento normal não esteja funcionando mais e eles vão tentar algo diferente, fazer uma tentativa, e aquela noite não foi uma noite boa para você, você não dormiu nem descansou, você entrou em pânico, de vez em quando eu acordava com você e você falava comigo e eu tentava responder sem te deixar mais assustado, Eu vou morrer?, você pergunta e eu digo que é isso o que estão dizendo desde que descobriram a metástase depois da cirurgia, disseram que você não se recuperaria, mas parece que você não entendeu essa notícia como a morte até agora, você pensou que teria muito tempo, uma vida inteira, Você também vai morrer, você me diz, Vou, eu digo e então não digo mais nada, e de repente as palavras não te alcançam mais, você também parece não perceber que estou te acariciando, te segurando, você está em um lugar onde não existe mais ninguém, apenas você. Você recebeu duas caixas de duzentos miligramas do hospital, normalmente uma caixa dura um dia, mas perto das sete as duas caixas já estão vazias e não serviram para nada, você diz, estou com muita dor, quando se aproxima das oito e meia você liga para o oncologista, aquele de cachinhos e olhos castanhos, ele foi até o quarto quando te levaram para a ressonância, isso foi depois de você ter ficado assustado e eu ter me assustado com o seu medo. Ele me disse que estava pensando em continuar com o tratamento, que isso te deixaria mais tranquilo, e me perguntou se eu estava de acordo e eu disse que sim, e agora você está ligando para ele, escuto a conversa da sala, o que estou fazendo com você?, eu me pergunto, que direito tenho eu de me envolver na decisão de quais informações você deve ou não receber sobre a própria vida?, eu saio da sala e vou até o corredor para ouvir melhor a sua conversa com ele, você está no nosso quarto, está sendo muito prático e parece tranquilo, diz que ligou porque vocês dois não haviam se falado no dia anterior e você queria saber qual era realmente a sua situação, e ele te explica e você ouve atento e ao final diz obrigado, tenha um bom dia, e desliga, então vem até a sala, aliviado, ele não estava alarmado, você diz, houve uma piora, mas não foi violenta, parece uma boa notícia, e eu me pergunto por que não o questionou de forma mais direta sobre quanto tempo ele achava que você ainda tinha. Se tivesse perguntado dessa forma, de um jeito ou de outro ele teria que te responder, ontem, quando o médico esteve no quarto enquanto você não estava, ele me disse, Ele não pergunta muito, e você realmente não pergunta, também não perguntou agora. Eu me sinto presa nessa situação e não sei se estou fazendo a coisa certa, nem o que é o certo, talvez não exista o certo a se fazer, como eu pensava e acreditava antes, eu achava que o certo era sempre dizer a verdade olho no olho e encarar as coisas como elas são, não importava o quanto doesse, mas mesmo que eu ainda acredite que esse é o certo, não cabe a mim decidir o que é o certo para você. Você é o homem mais inteligente que eu conheço e se você não pergunta deve ser porque uma parte de você escolheu não saber.

Você acredita em sincronicidade?, A. perguntou enquanto voltávamos do aeroporto e eu respondi Acredito e não falamos mais sobre isso, na verdade não me lembro muito do que conversamos nas horas em que estivemos juntos, o que foi importante, o que continua sendo importante sobre A. não está no plano das palavras, mas tem a ver com potência, energia, é nisso que acredito.

Quando conheci você há quase quatro anos, também teve a ver com essa potência, eu só sabia que queria estar com você, te conhecer foi como descobrir as paisagens encantadoras no País de Gales, um lugar onde eu queria estar, onde eu queria viver, e isso não foi uma coisa que eu pensei, mas senti, senti com o corpo, era um sentimento impossível de formular até para mim mesma, simplesmente existia. Eu desejava pertencer a você, e queria que pertencêssemos um ao outro, disso eu já sabia há algum tempo, mas apenas quando escrevi *Romance. Milão* comecei a entender melhor, e só consegui me aproximar dessas áreas em mim porque você me deixou chegar perto de você.

Foi quando eu estava escrevendo *Sobre a montanha* que conheci você. Foi graças à escrita que nosso encontro se tornou possível, o trabalho que fiz nesse romance foi o de me aproximar da minha infância, período que evitei, desprezei e rejeitei, enquanto escrevia eu sabia que o que estava fazendo era necessário para me relacionar com outra pessoa, para ser feliz. Porque se eu não fosse capaz de conviver com meu lado feminino mais vulnerável, terno, delicado e bobo, como eu poderia deixar que outra pessoa convivesse? Uma outra pessoa não pode me fazer sentir amor pelo que desprezo em mim, portanto nunca vou me sentir amada se me odiar. E eu desejava muito ser amada. E quando estava quase terminando o romance eu te conheci, e te conhecer foi colocar em prática o que o romance estava construindo, uma sensação de pertencimento. Vivemos nossas vidas nos dias, e a vida que vivo no romance enquanto escrevo talvez seja a expressão mais profunda, verdadeira e precisa da vida cotidiana, tanto nos dias do passado quanto nos do presente e também naqueles que vêm depois da escrita. O romance é a minha vida interior e a escrita traz conteúdos de diferentes épocas e camadas da minha história que, com frequência, era o que eu precisava mesmo sem saber, e então posso conviver com isso, como alguém que se senta na beirada da cama à noite e segura a mão de uma criança, e simplesmente fica lá, o romance tem uma visão muito mais profunda que a minha, e, por estar em contato com essa mesma força vital, sabe muito melhor do que eu aonde a onda de cada novo romance vai me levar. Mas depois que terminei de escrever *Romance. Milão*, que foi quando você adoeceu, tem sido impossível escrever. Eu fiquei pronta para um relacionamento, então você apareceu, e a sua chegada possibilitou que eu fosse além, eu encontrei um lar. Mas agora que você vai morrer, você, com quem encontrei um lar, o que me resta aqui, agora?

Silêncio! Sinal de pare – fim da linha! escreve Birgitta Trotzig. Não fui nem mesmo capaz de fazer anotações. No pouco que escrevi consta, no dia 29 de novembro:

É como se o lugar da escrita em mim tivesse se retirado – quase que taticamente – para não me incomodar nesses tempos.

29 de novembro foi uma sexta-feira e três dias depois, segunda-feira, 2 de dezembro, eu conheci A. O que a anotação no meu caderno revela é que eu não estava em contato com minha força vital. E o meu encontro com A. despertou essa força, foi meu encontro com A. que me fez começar a escrever este texto, começou como um fogo no meio das pernas que se espalhou pelo meu corpo e me fez rir de novo e me sentir feliz.

Nos encontramos apenas quatro vezes. A primeira foi no aeroporto naquela manhã, a segunda foi no jantar, e na terceira ele me levou para o centro histórico de Guadalajara, dei entrevistas na feira durante toda a manhã e até um pouco depois, mas às quatro horas eu estava livre e ele me pegou no hotel e nós saímos, ele estacionou em uma garagem subterrânea e nós fomos direto para a praça da cidade velha, uma área grande do centro é fechada para carros então seguimos por lá, fomos atraídos por uma casa colorida e quisemos vê-la mais de perto, depois percorremos uma rua ladeada por arvorezinhas retorcidas muito bonitas, paramos para olhar as barraquinhas de frutas das mulheres indígenas e quando havia algo que eu não conhecia A. comprava uma sacola para provarmos, entramos numa praça de alimentação cheia de bares de nachos e fumaça dos fogões a lenha, as pessoas comiam em pratos de lata sentadas em bancos, os balcões exibiam pedaços de carne e miúdos, vimos tripas, eu não sabia que elas eram retorcidas, pareciam tranças, havia também cérebros e línguas, os funcionários atrás dos balcões sorriam para nós e explicavam tudo em espanhol e A. traduzia o que eu não entendia, no final não sabíamos mais o que fazer, nos sentamos em um banco e ficamos lá, talvez por uma hora, enquanto o sol se punha, tentei tirar algumas fotos, já que a luz estava suave e baixa, mas elas não ficaram parecidas com o que eu estava vendo, havia crianças brincando e uma fonte onde vários casais paravam para tirar fotos, nós olhamos para eles, depois nos olhamos, depois olhamos para a praça de novo, ficamos parados sem falar nada e eu estava muito feliz, acho que nunca havia me sentido assim, era como se tudo fosse amor, naquele instante o mundo todo era só amor, um lugar sagrado, é o que parecia, e era enorme, lágrimas escorreram pelo meu rosto, naquele exato instante eu estava só lá, e estava *imersa em amor*.

A. sabe que sou casada, eu falei de você, contei sobre como nos conhecemos e disse que agora eu moro aqui em Milão com você, falei que você está muito doente, que a princípio viria comigo, mas que não foi possível. A última vez com A. foi já na quarta-feira à noite, ele vai partir em uma viagem planejada há muito tempo quinta de manhã e eu vou receber um novo guia enviado pela universidade, mas nós queríamos nos encontrar para nos despedirmos, por isso ele veio. Eu havia acordado às cinco naquela manhã, não conseguia dormir por conta do *jetlag* e corri uma hora na esteira, depois tomei banho e falei com você ao telefone, quando vou tomar café é perto da meia-noite para você, em breve vai faltar uma noite a menos para nos encontrarmos, você diz e eu digo Te amo, e você diz Te amo mais do que tudo, e então você vai se deitar na nossa cama para dormir e oito e meia um professor de uma escola que vou visitar como parte da minha programação na feira vem me buscar, há muito congestionamento em Guadalajara, saímos da cidade lentamente, são duas horas de estrada até chegar a essa escolinha de ensino médio no alto da montanha e depois mais duas horas no carro para voltar. Eu tinha mais entrevistas de tarde, mas remarquei as duas últimas para ter uma hora com A. antes do jantar com minha editora da Espanha, uma hora e meia, na verdade, mas o trânsito está congestionado e quando A. finalmente chega ele está desesperado, mais de um quarto do nosso tempo já se foi, tenho a sensação de que nós dois temos esse sentimento de que tudo o que fazemos juntos e o fato de estarmos juntos é importante. Quero sair, vamos até o quiosque do outro lado da rua e compramos uma cerveja para mim e uma água para A., ele não bebe, também compramos amendoim para A., ele já tinha comprado amendoim na noite anterior no centro e comeu um pouco antes de dar o resto do saco para um homem que pedia comida enquanto estávamos sentados no banco, e então nos sentamos com a cerveja e a água encostados em um muro na calçada enquanto o sol se põe, é hora do rush e os carros passam devagar ao nosso lado, mas naquele momento só nós dois existimos e eu noto que estou encostando nele, que encosto no braço dele enquanto conversamos, acaricio as costas dele, meu braço simplesmente vai até ele e nós nos olhamos nos olhos sem dizer nada e eu fico aliviada que vou para o jantar com a editora porque isso vai me levar para longe de A. e de algo que não sei se seria capaz de não fazer e que eu simplesmente não quero fazer. O que eu quero é ficar com você. Eu quero ser só sua e não quero ninguém entre nós, jamais. Quero ficar com você para sempre. E é isso que tenho feito esse tempo todo. Conto para A. o quanto você está doente. Ele está com a versão espanhola de *Amor*, escrevo uma dedicatória para ele, escrevo que dentro de mim estaremos para sempre sentados um ao lado do outro encostados naquele muro. A. me entrega uma carta. E então escurece, eu olho o relógio e me dou conta de que já estou quinze minutos atrasada para o compromisso com a editora, nos levantamos, cruzamos a rua desviando dos carros e chegamos ao hotel, não estamos mais sozinhos, minha editora vem até nós, ela estava esperando por mim e A., me despeço dele enquanto ela nos observa, nos beijamos na bochecha e então A. entra no carro, pega a saída e vai embora. E então não vejo mais A. Mas a chama continua acesa em mim, está viva.

Anoiteceu em Milão, estou escrevendo desde um pouco antes das três, agora são quase oito horas, vejo a cúpula da Basílica de San Lorenzo iluminada e a mim mesma com meus óculos de leitura no reflexo da janela. Quando voltei da academia você estava dormindo, enfim tranquilo depois de ter passado a noite apavorado, era um pouco depois do meio-dia, e de manhã, antes de sair, eu coloquei um adesivo extra de morfina no seu ombro, já que você não tem mais comprimidos, agora vou até a cama e acaricio gentilmente o seu rosto, você abre os olhos, mas eles se fecham depois de olhar para mim, você os força a abrir novamente e me espia com um olhar que vem lá de dentro, Agora estou bem, você diz, você se lembra de que tinha alguns ansiolíticos e que eles devem estar fazendo efeito. Uma hora depois você se levanta, veste um agasalho, calça os sapatos e vai para a editora, eu te acompanho até a porta e espero o elevador com você, Te amo, nos dizemos. Agora é noite e você está de volta, você chegou um pouco depois das seis, veio direto para minha mesa e me deu um beijo no pescoço, O dia foi ótimo, você diz, você está com a sacola da farmácia na mão, eles conseguiram mais algumas caixas para você, Vou tomar um comprimido agora e me deitar, você diz. Continuo sentada escrevendo, agora já se passaram quase duas horas, é cinco para as oito, estive escrevendo este texto todo esse tempo, de vez em quando ouço você, sua respiração, um ou outro ronco e então você fica em silêncio novamente.

Hoje é quarta-feira, 15 de janeiro, faz dois dias que estivemos no hospital e eles detectaram na ressonância magnética que o câncer continua se espalhando, antes da segunda, eu pensava que depois desses exames, depois dessa segunda-feira, alguma coisa ia mudar, nós entraríamos numa nova fase, mas agora não sei mais, tudo se repete e continua igual. Hoje de manhã você voltou para o hospital, você tinha uma consulta às dez com dois especialistas em dor para decidir qual seria o plano daqui para frente. E eu, o que faço? Qual é o meu plano daqui para frente?

Quando aterrissei em Malpensa no sábado, 7 de dezembro, você estava lá me esperando. Voltar para casa não foi como eu havia imaginado. Eu não via a hora de as viagens acabarem para poder finalmente estar em casa com você. Mas eu estava com essa chama acesa no corpo e essa energia era muito diferente da sua, você está muito fraco, precisa descansar bastante e com frequência está ausente, longe, à deriva no estado mental induzido pela morfina. Durante todo o tempo em que você esteve doente eu te segui, acompanhei o seu nível de energia, você estava cansado de tanta dor e de tudo o que acontecia no seu corpo, de toda aquela catástrofe, materializada no corte profundo que fizeram, em tudo o que haviam retirado lá de dentro, eu queria estar perto de você, então era eu quem precisava te seguir e foi o que fiz, era a única coisa que eu queria fazer na vida, porque finalmente havia encontrado você, havia encontrado um lar. Mas, depois de Guadalajara, entendi que eu havia reduzido muito minha energia vital para estar em contato com a sua. E de repente, lá no México, essa pulsão de vida em mim foi escancarada enquanto você continuava aqui, doente e deprimido, e uma distância surgiu entre nós.

Eu não queria mais beber de noite, como vinha fazendo desde que você ficou doente, passei a beber apenas uma taça de vinho para acompanhar as refeições, estava focada, comecei a procurar livros para ler que pudessem me inspirar para o novo romance, aquele que eu imaginava não ser este, quis voltar a estar presente na minha própria vida.

Mandei uma mensagem para A. dizendo que ia passar um tempo em silêncio, eu queria estar com você, queria voltar a estar perto de você, além disso, eu não queria fazer nada às suas costas, não queria mesmo, embora eu já esteja escondendo sua morte de você, quem eu penso que sou? Mas sei que de alguma forma seria pior para você saber que conheci outro homem do que ter clareza sobre sua morte, mesmo que eu não tenha feito nada além de me despedir dele com um beijo no rosto, porque de repente aquela proximidade que nós tínhamos entre nós, que era a nossa própria existência, que era eu e você, nós dois, o que existia de mais forte e firme no mundo, de repente isso foi rompido e nós ficamos distantes um do outro e eu compartilhei essa proximidade com outra pessoa. Jamais vou contar isso a você.

A. estava longe, mas eu ainda mantinha o fogo aceso em mim, aquilo era meu e continuava ardendo, à noite o calor no meio das minhas pernas era tanto que parecia que eu estava entregue a uma onda infinita de orgasmo, em uma dessas noites tive um sonho, foi depois do Ano-Novo, um mês depois de eu ter conhecido A. e de ter me despedido dele. Sonhei que acordei e conferi o celular, havia três mensagens de A., sem nenhum texto, apenas imagens, fotografias. O sonho era muito vívido. A primeira foto era da mão de A., do dorso da mão dele, e em cima dela havia uma grande aranha negra. A imagem seguinte também era do dorso da mão dele, vista um pouco mais de longe, desta vez havia cinco aranhas na mão, elas desenhavam um padrão, atrás havia água, como se a foto tivesse sido tirada com o mar ao fundo. A última foto era debaixo da água, de um mergulho no mar, e há raios de luz descendo pela água, que é azul, amarela e verde.

Nesse dia, comecei a escrever isto aqui, seja lá o que for isto.

Te amo, eu escrevi. Te amo, eu escrevo, eu digo, quando você entra pela porta e já é noite. Você ainda entra pela porta à noite. Você ainda está aqui, comigo. E escrever isto é a forma mais verdadeira de estar com você que consegui em razão de tudo o que não podemos dizer um para o outro nesses dias. Não vou embora, estou aqui, vou ficar aqui, até que você não esteja mais.

Do meu caderno, 24 de outubro, no trem, vindo de Ravena de volta para você:

O dia está cinzento, cai uma garoa fina. Às 9 horas fui à Basilica di San Vitale e ao Mausoleo di Galla Placidia. A abóboda azul, azul no mausoléu com estrelas brilhantes feitas de ouro e uma cruz no topo. Desde o começo você quis me trazer aqui para ver tudo isso. E agora estou fazendo isso sozinha.

(Ontem vi o túmulo de Dante.)

Dentro de San Vitale – os grandes blocos de mármore das colunas têm uma beleza mais tranquila do que o mosaico brilhante. Os desenhos do mármore estão lá, silenciosos e expostos, indefesos, o que estava escondido dentro da pedra, os veios, as imagens que os veios formam, está para sempre desvelado, posto a nu e paralisado, o movimento que os veios outrora descreviam ao longo da pedra foi cortado. E o que vemos é a incisão, a ferida aberta, e a beleza daquilo que simplesmente é, que não foi concebido ou construído, apenas revelado. Daquilo que simplesmente está lá. Como esses veios no mármore. Essa imagem. E você está em algum lugar entre os dois. Entre os pilares silenciosos de mármore e os reluzentes mosaicos da capela. No meio de tudo isso, você vem em minha direção, você está comigo, você está lá.

Cara leitora, caro leitor

A **Aboio** é um grupo editorial colaborativo.

Começamos em 2020 publicando literatura de forma digital, gratuita e acessível.

Até o momento, já passaram pelos nossos pastos mais de 500 autoras e autores, dos mais variados estilos e nacionalidades.

Para a gente, o canto é conjunto. É o aboiar que nos une e que serve de urdidura para todo nosso projeto editorial.

São as leitoras e os leitores engajados em ler narrativas ousadas que nos mantêm em atividade.

Nossa comunidade não só faz surgir livros como o que você acabou de ler, como também possibilita nos empenharmos em divulgar histórias únicas.

Portanto, te convidamos a fazer parte do nosso balaio!

Todas as apoiadoras e apoiadores das pré-vendas da **Aboio**:

—— têm o nome impresso nos agradecimentos de todas as cópias do livro;

—— são convidadas a participarem do planejamento e da escolha das próximas publicações.

Fale com a gente pelo portal **aboio.com.br,** ou pelas redes sociais (**@aboioeditora**), seja para se tornar uma voz ativa na comunidade **Aboio** ou somente para acompanhar nosso trabalho de perto!

Vem aboiar com a gente. Afinal: **o canto é conjunto.**

Apoiadoras e apoiadores

116 pessoas apoiaram o nascimento deste livro. A elas, que acreditam no canto conjunto da **Aboio**, estendemos os nossos agradecimentos.

Adriane Figueira
Alessandra Effori
Alexander Hochiminh
Allan Gomes de Lorena
André Balbo
André Braga
André Pimenta Mota
Andreas Chamorro
Anthony Almeida
Arthur Lungov
Bianca Monteiro Garcia
Caco Ishak
Caio Girão
Caio Girão Rodrigues
Caio Narezzi
Calebe Guerra
Camila do Nascimento Leite
Camilo Gomide
Carla Guerson
Carmen Roldão
Carolina Nogueira
Cecília Garcia
Cintia Brasileiro
Cleber da Silva Luz
Cristina Machado
Daniel Dago
Daniel Giotti
Daniel Guinezi
Daniel Leite
Daniela Rosolen
Danilo Brandao
Dayane Manfrere Alves
Denise Lucena Cavalcante
Dheyne de Souza
Eduardo Rosal
Élide Vecchi
Febraro de Oliveira
Felipe Pessoa Ferro
Francesca Cricelli
Frederico da Cruz Vieira de Souza
Gabo dos livros
Gabriel Cruz Lima
Gabriela Machado Scafuri
Gael Rodrigues

Giselle Bohn
Guilherme da Silva Braga
Gustavo Bechtold
Heitor Ribeiro
Henrique Emanuel
Jadson Rocha
Jailton Moreira
Jheyscilane Cavalcante Sousa
Jhonatan Ferreira Alencar
João Luís Nogueira
Joca Reiners Terron
Júlia Vita
Juliana Costa Cunha
Juliana Linhares
Juliana Slatiner
Juliane Carolina Livramento
Karina Tambellini
Laís Monte
Lara Rocha
Larissa Lins
Laura Redfern Navarro
Leitor Albino
Lenio Carneiro Jr
Leonardo Pinto Silva
Lolita Beretta
Lorenzo Cavalcante
Lucas Ferreira
Lucas Lazzaretti
Lucas Verzola
Luciano Cavalcante Filho
Luciano Dutra
Luis Felipe Abreu
Luísa Machado
Luiza Lorenzetti
Manoela Machado Scafuri
Marcela Roldão
Marcia Gadelha Cavalcante
Marco Bardelli
Marcos Vinícius Almeida
Marcos Vitor Prado de Góes
Maria Inez Frota Porto Queiroz
Mariana Conde Lemos
Mariana Donner
Marina Lourenço
Mateus Torres Penedo Naves
Mauro Paz
Menahem Wrona
Milena Martins Moura
Minska
Natalia Timerman
Natália Zuccala
Natan Schäfer
Nayra Maria
Otto Leopoldo Winck
Paula Maria
Paulo Scott
Pedro Torreão
Pietro Augusto Gubel Portugal
Rafael de Arruda Sobral
Rafael Mussolini Silvestre

Rodrigo Barreto de Menezes
Sergio Mello
Sérgio Porto
Tatiana Cukier
Thais Fernanda de Lorena
Thassio Gonçalves Ferreira
Thayná Facó
Valdir Marte
Weslley Silva Ferreira
Yuri Cunha
Yvonne Miller

Catálogo da Aboio

1 Anna Kuzminska, *Ossada Perpétua*
2 Paulo Scott, *Luz dos Monstros*
3 Lu Xun, *Ervas Daninhas,* trad. Calebe Guerra
4 Pedro Torreão, *Alalázô*
5 Yvonne Miller, *Deus Criou Primeiro um Tatu*
6 Sergio Mello, *Socos na Parede & outras peças*
7 Sigbjørn Obstfelder, *Noveletas*, trad. Guilherme da Silva Braga
8 Jens Peter Jacobsen, *Mogens*, trad. Guilherme da Silva Braga
9 Lolita Campani Beretta, *Caminhávamos pela beira*
10 Cecília Garcia, *Jiboia*
11 Eduardo Rosal, *O Sorriso do Erro*
12 Jailton Moreira, *Ilustrações*
13 Marcos Vinicius Almeida, *Pesadelo Tropical*
14 Milena Martins Moura, *O cordeiro e os pecados dividindo o pão*
15 Otto Leopoldo Winck, *Forte como a morte*
16 Hanne Ørstavik, *ti amo*, trad. Camilo Gomide
17 Jon Ståle Ritland, *Obrigado pela comida*, trad. Leonardo Pinto Silva
18 Cintia Brasileiro, *Na intimidade do silêncio*
19 Alberto Moravia, *Agostino*, trad. André Balbo
20 Juliana W. Slatiner, *Eu era uma e elas eram outras*
21 Jérôme Poloczek, *Aotubiografia*, trad. Natan Schäfer
22 Namdar Nasser, *Eu sou a sua voz no mundo*, trad. Fernanda Sarmatz Åkesson
23 Luis Felipe Abreu, *Mínimas Sílabas*
24 Hjalmar Söderberg, *Historietas*, trad. Guilherme da Silva Braga
25 André Balbo, *Sem os dentes da frente*
26 Anthony Almeida, *Um pé lá, outro cá*
27 Natan Schäfer, *Rébus*
28 Caio Girão, *Ninguém mexe comigo*

ABOIO

EDIÇÃO Leopoldo Cavalcante
ASSISTÊNCIA EDITORIAL Marcela Roldão
TRADUÇÃO Camilo Gomide
MENTORIA DE TRADUÇÃO Guilherme da Silva Braga
PREPARAÇÃO Mariana Donner
REVISÃO Bianca Monteiro Garcia
COMUNICAÇÃO Luísa Machado

Essa tradução foi publicada com o apoio financeiro da NORLA.

This translation has been published with the financial support of NORLA.

First published by Forlaget Oktober, 2020
Published in agreement with Oslo Literary Agency

Grafia atualizada segundo o Acordo Ortográfico da Língua Portuguesa de 1990, que entrou em vigor no Brasil em 2009.

Título original: *Ti amo*

Dados Internacionais de Catalogação na Publicação (CIP)
Eliane de Freitas Leite — Bibliotecária — CRB-8/8415

Ørstavik, Hanne
Ti amo / Hanne Ørstavik; tradução Camilo Gomide. --
São Paulo : Aboio, 2023.

Título original: Ti amo
ISBN 978-65-980578-9-3

1. Romance norueguês I. Título

23-177610 CDD-839.823

Índices para catálogo sistemático:
1. Romance : Literatura norueguesa

[2023]
ABOIO
São Paulo — SP
(11) 91580-3133
www.aboio.com.br
instagram.com/aboioeditora/
facebook.com/aboioeditora/

Esta obra foi composta em Adobe Garamond Pro
O miolo está no papel Polén Natural 80g/m^2.
A tiragem desta edição foi de 1500 exemplares.

[Primeira edição, novembro de 2023]